怪奇
博物館

The Strange Museum

怪奇
博物館

The Strange Museum

怪奇
博物館

The Strange Museum

102

人頭魚缸

Human
head
Fish tank

夜不語

著

怪奇博物館

The Strange Museum

102

CONTENTS

自序

《怪奇博物館》的第二冊，終於寫完了。這本書寫了足足三個月，一直從秋天，寫到了隆冬。

這三個月，主要在養身體。

最近心臟舒服點了，不會亂跳了。

人一生病起來，猶如天崩山倒泥石流，擋都擋不住。而且毫無預兆，等真的察覺到不舒服的時候，就嚴重了。

還算好，我的心臟問題發現得早，治療也及時，最近半年休養得不錯，希望明年能徹底好起來吧。

再來說說這本書。

本書的主體，其實一開始想要寫人言可畏的。由於是序，就不劇透了。總體來說，完成度還算高，可畢竟題材用的是新的寫作手法，許多地方都不同於《夜不語》系列，我還在適應當中。

不足之處，請見諒。

進入冬天，成都果不其然又霾了。這幾天每天都是重度霧霾，我根本就不敢出門。因為霾會引起心臟疾病，我一出門就胸悶難受。

但是餃子終究要去上學的，我給餃子戴上厚厚的口罩，要她一整天都不要取下來。小屁孩看著窗外的霾，也經常會憂鬱。

她說，成都的霾，就像是宇宙的背景顏色。會不會是外星人在聯絡人類……

呃，這小妮子最近看科普片中毒了。

而我，最近老是在想許多亂七八糟的東西。例如，因為年齡原因，因為健康原因，因為種種原因。以前以為自己能寫一輩子書的我，漸漸感覺到，或許自己的寫作生涯，怕是也就只剩下十多年了。

很多時候精力都沒有從前那麼好，寫著寫著，都有種力不從心的感覺。寫得很累，但是又寫得很開心。

痛並快樂著。

畢竟，我終究還是喜歡寫出來的故事，讓更多人看到的。

所以，算了吧，走一步算一步。寫多久，不重要了，寫到沒法寫、沒人看的那一天再說吧。

所以，請大家能繼續支持我哦。
愛你們。

夜不語

怪奇
博物館

The Strange Museum

現在是網路時代，在推特、微博薰陶下成長起來的一代人，大多無法閱讀一百四十個字以上，哪個國家都這樣，大家並不去認真看新聞的內容，一如人類，從來就只人云亦云，相信最表面的東西。

最終厄運來臨時，卻不清楚，受害的為什麼偏偏是自己！

——引子——

人類是喜歡確定性的生物，所以，我們熱愛因果關係，凡事必提因果性。

可是周董無論如何都想不明白，發生在自己魚缸中的事，因是什麼，而果，會變得美好，還是糟糕？

因為在他的家，在他的身上，在他的魚缸中，發生了一件至今都讓他匪夷所思，完全無法接受的事。

自己的魚缸裡，居然長出了一顆人頭。

這顆人頭是怎麼長出來的，要從前些日子說起。

周董就是個普通人，讀普通的小學，上普通的高中，就連大學也是最普通的。他長相還好，為人也孤僻，大學讀完後回到老家，一個四線小城市，找了個旱澇保收餓不死的工作，住在老爸老媽給他準備的老房子裡。

這樣的人在小縣城幾乎隨處可見，他們的人生被父母的雙手安排得妥妥當當，在二十多歲就過上一眼望到死的生活。他們不善交際，不愛運動，沒啥喜好，最樂呵的，恐怕就是端著手機刷毫無營養的新聞以及短視頻的時候。

不不，如果硬要說周董千人一面的話，也不盡然。他還是有個愛好的，那就是養魚，養色彩斑斕的熱帶魚。

每當他下班後以及放假時，想排解寂寞了，都會端著一個小凳子，坐在狹小昏暗的客廳裡看著小魚缸裡的熱帶魚游來游去。他可以就這麼看魚看一整天，之後啥寂寞也沒有了，甚至就連壓力也似乎被魚給帶走了。

可惜美好的日子，總是會在你預計不到的方向，給你致命一擊。例如周董心心念念寶貝得不得了的魚缸，命喪於六歲外甥這個熊孩子之手。

熊孩子基本屬性總是逆天的，鬼知道他到底是如何將裝滿水的沉重魚缸，從桌子上給生生推下來，摔得一地玻璃和水。

而且做了壞事的熊孩子以及熊孩子的父母，還笑嘻嘻的，一點歉意也沒有。

「真特麼搞不懂我姐是怎麼教育孩子的，老子這輩子絕對不要小孩。」周董當天第一萬次這麼告誡自己。

不過魚，還是要繼續養的。他將倖存的幾隻熱帶魚放在腳盆裡，用充氧棒和加熱棒伺候著，至於這幾隻魚能存活多久，就要看造化了。

「趁機，買個大魚缸吧。」周董拿起手機，順便瞥了瞥時間日期，心態頓時就崩了。

你奶奶的，居然是二十八日。作為新時代的「90後」，每到月底這個非常尷尬的日期前，都會很憋屈。

他鬱悶的撓撓頭。

工資的發放日是每個月的五號。現在他窮得都要吃土了，哪有錢買新魚缸。可是要想等到發工資，自己剩下的幾隻熱帶魚早就翹辮子了。

要不，動用那筆錢？

不，絕對不行，動什麼也不能動那筆錢。

略尷尬，有點不好辦啊喂。

周董撓撓頭，將整個家都搜刮了一下。呃，還剩大概兩百多塊罷了，別說大的新魚缸，就連從前的小魚缸也買不了啊。

不過作為新時代青年，周董很快就想到了個好辦法。新的買不了，那就買舊的。畢竟腳盆裡的熱帶魚，都開始憋悶的在轉圈了，不知道是聞到了他的腳丫子臭味，還是不適應新的環境。

「魚撐不了多久了。」周董一咬牙，管不了那麼多。在手機的跳蚤 APP 裡同城搜索，希望淘一個物美價廉的好貨色。

也不知道是不是運氣爽爆了，一搜，沒想到真搜到了好東西。

附近不遠處一戶人家在跳樓大處理魚缸，見錢就賣，不過附註的幾行小字裡的幾個要求，有些怪。

一看到那魚缸，周董口水就流下來，直了眼睛。

這魚缸，簡直就是自己夢中的朱砂痣啊。一點二公尺長的缸體，通體航空高通透玻璃製造。附帶高配的充氧、循環和加熱系統。相比而言，自己的四十公分小魚缸，完全就是乞丐裝備。

這樣的裝備，一萬塊錢都不一定弄得好，但那戶人家不知為何急著賣，只要一百塊。

完全被魚缸閃瞎眼的周董立刻聯繫賣家，當晚就屁顛屁顛跑去了，他完全沒想過，為什麼上萬的東西，哪怕是急售，卻只要一百元。

更沒想過，一個魚缸而已，賣家卻要讓買家這麼麻煩，細細想來，一切都有跡可尋，可是撿便宜的心態，會讓所有愛佔便宜的人，失去理智。

天上不會掉餡餅，但是會下砸死人的石頭雨。

那個便宜的二手魚缸，比石頭雨更加可怕，只不過，現如今後悔已經來不及了。

賣家的家很寬敞大氣，住在河城的貴族社區。一進門，那碩大的客廳簡直是富麗堂皇，可是住在這別墅裡的人，每一個，周董都覺得很陰沉。

主人家一家四口，男主人和女主人大約四十多歲，一對兒女模樣乖巧可愛，但是完全面無表情。抬頭看周董的時候，他甚至感覺那兩個小孩，與其說是孩子，更像是精緻的玩偶。

就連別墅裡的傭人，也怪怪的。

當男主人將周董帶進客廳的時候，身材前凸後翹風韻猶存的女主人麻木的看了他一眼，隨口問：「老公，你帶了誰進來？」

「買魚缸的。」男主人語氣平淡。

聽到這話，女主人沒有感情色彩的臉豁然就笑了，掩飾不住歡喜：「太好了，張姐，把家裡好吃的拿出來，招待招待咱們的客人。」

就連傭人張姐，也止不住的咧嘴，笑得異常詭異：「好的好的。」

周董有些懵。只能說有錢人家的思維方式就是不一樣，用來招呼他的糕點水果全都是高檔貨，將桌子堆成了小山似的。好傢伙，那盤魚子醬怕不是要上千塊錢。自己也就花一百塊買個二手魚缸而已，要不要這麼款待？

男主人很熱情，要他多吃些。然後迫不及待將周董帶到客廳一側，當周董真的看到了魚缸實物後，徹底移不開眼了。

這魚缸比單看照片高檔多了，怕是最少要值個好幾萬。周董百思不得其解，這麼好的魚缸，竟只賣一百塊，單單賣給二手市場，也不止幾十倍吧。

男主人看著眼前的魚缸，神色中全是恐懼。但他掩飾得很好，沒讓周董發現。

「魚缸你也看到了，有興趣買嗎？」男主人問。

「肯定要啊。不過你真肯賣我？」周董緊張的吞下一口唾沫，作為養魚愛好者，哪裡不知道一口好缸的重要性。眼前的魚缸，在他淺薄的養魚知識中，絕對是好缸中的好缸。

這口魚缸已經被主人清理出來了，裡邊沒有水沒有魚，空無一物。在淡淡的燈光下，折射著極為迷幻的光澤。

他不由自主的摸了表面玻璃一下，入手清順滑溜，絕不是普通的航空玻璃那麼簡單。

「我都掛出來了，當然是要賣的。」男主人似乎比他還迫不及待：「你想要，就拿走好了。」

「嘿嘿，那我可不可以隨口問問。你賣到市場上去都能賣個萬把塊錢，為什麼只要一百塊掛同城二手 APP 上？」周董問。

「別問，老子就是有錢。」男主人哈哈大笑的開個玩笑，他用力拍拍周董的肩膀，一攤手：「一百塊，謝謝。」

周董掏出手機。

男主人連忙擺手：「忘了之前你跟我聯絡的時候，我的幾個小要求了嗎？」

「對了對了，你要現金。」周董在兜裡掏了掏，掏出一張皺巴巴的紙幣來。在這個數位貨幣佔領絕對支付主流的社會，很少有人特意要紙幣，這個要求，也是真夠怪的。

男主人接過紙幣，竟然像是從來沒有見到過錢似的，笑得非常開心。他不斷撫摸著這張紙幣，猶如摸的不是一張百元鈔票，而是自己一家四口的命。

周董在心裡暗自咕噥，這家有錢人也是夠怪。一百塊而已，剛剛招待自己吃的那幾坨鵝肝醬魚子醬，也遠遠不止這個數了。

「別的要求，你也記得吧？」小心翼翼的將百元鈔每一個褶皺都捋順後，男主人又催促他。

「記得記得。你們不配送，也不准任何工人踏進門。只准賣家一個人把魚缸抬出大門口。」又是個怪要求，想來別墅的主人有某種潔癖。周董看著這口一公尺多長的大魚缸，有些犯難。

結實的魚缸大概有幾十公斤重，而且又寬又大，他怕自己抬不動。

「放心，這魚缸比你想像中輕。抬起來試試。」男主人一邊說，一邊向後退，退得遠遠的。

來都來了，錢也給了。一想自己家裡的幾隻熱帶魚正在可憐巴巴的泡在腳盆裡聞自己的泡腳水。周董也顧不上許多了，他伸出兩隻手，一個熊抱，抱住魚缸。

「用力，抬，抬起來。」男主人似乎比他更加緊張，他用乾巴巴的語氣說話，聲音甚至在打顫。

沒想到周董真的輕輕鬆鬆的將魚缸給抱起來。碩大的魚缸比想像中輕巧得多，難不成是用合成材料製作的？他犯了嘀咕，一步一步，抬著魚缸向門外走。

這別墅雖然豪華，但是冷颼颼的，有一股讓人不舒服的陰氣，周董一丁點都不想久待。

一見周董將魚缸抬走，這家子全都站起來，站在他背後。三大兩小，像是五個輕飄飄的紙紮人，瘆人得很。

五人都一眨不眨的盯著他看，目視他往外走，沒有任何人幫一把。

「果然有錢人都是些脾氣古怪的傢伙，太讓人毛骨悚然了。」周董暗哼。

用目光將周董送出大門口後，眼看著他將大魚缸放在借來的三輪車上，一家子人招呼都不打一聲，啪一下將門牢牢關上。

獨留下正準備客氣客氣，說聲謝謝的周董在門前，他眨巴著眼睛，不明所以的看著那扇門。

「怪了，怪了。這家人不只是怪人，怕還是一家瘋子。」周董撓撓亂糟糟的頭髮。在那戶人家關門的瞬間，他分明看到，男主人竟然掏出百元鈔票，點燃火，在門口燒起來。

就像是燒紙錢送瘟神般。

那張紙幣，赫然正是周董交給男主人買魚缸的一百塊錢。

周董看得很清楚，也記得很清楚，因為那張錢，是一張放在他家裡很久了都用不出去的——假鈔！

但無論賣魚缸的那家人如何怪，總之魚缸總算是到手了。接下來的一兩天，他忙碌得又充實又快樂。

不管新的魚缸，還是舊的魚缸，都需要開缸。開缸前先殺菌，鋪底層基肥、百菌粉。當周董將水草泥倒進去，又做好景觀後，心裡一片激動。

兩天時間，買來的水草種植得鬱鬱蔥蔥，看得人非常舒服。他忍住興奮，將活在腳盆裡三天之久，簡直已經屬於生存奇蹟的熱帶魚倒入了魚缸中。

一共七條熱帶魚。魚進入了魚缸後，反而有點不適應。驚慌失措的四處亂竄。

「適應一個小時就好了，寶貝們。」周董樂呵呵的笑著，抬了個小凳子，坐在新魚缸前出神的看起來。

看了沒多久，他就睏了，洗漱也免了，直接上床睡覺。

第二天一大早，他是被吵醒的。

吵醒他的，是自己家裡的熱帶魚。

看看時鐘，才凌晨四點過罷了。

七條熱帶魚一直在魚缸裡翻騰個不停，不斷的躍出水面，碰撞在魚缸的頂端蓋子上。周董揉著睡眼惺忪的雙眼，不明所以的來到魚缸前，一看就吃了一驚。

怪了，這些養了大半年，早就眼熟了的熱帶魚，在魚缸中不安的瘋狂躍出水面。就彷彿在沸水裡要煮熟了似的。

周董連忙檢查了水質和溫度，詭異的是，水溫正常，恆溫在32度。也沒有缺氧。這些魚，到底在瞎鬧騰個什麼勁兒？難道是還沒有適應新環境，在不安？

不對啊，他為這些魚翻缸也不是一次兩次了。沒有哪次和這次一樣折騰。

他皺著眉頭餵了些魚食，魚兒們根本不吃。仍舊在不斷的躍出水，像是水裡，有某種很可怕的東西，在威脅著魚的生命。

周董撓撓頭，百思不得其解。他仔細觀察著魚缸，突然發現，這些熱帶魚通通都躲在魚缸的最右側翻騰，沒有任何魚敢靠近左側的那塊青龍石假山。

「也不對啊，這塊假山，明明就是我以前魚缸裡的東西。不可能有問題。」周董的視線落在假山上。

他發現，黑漆漆的青龍石假山的褶皺處，出現一塊白斑。白斑很小很小，直徑兩公分左右。但是上面長滿毛絮般的絲狀物。

周董始終沒看懂這是啥玩意兒，難不成魚怕的，就是這東西？

「長黴了？」他眨著眼。沒聽說過青龍石也能長黴菌，算了算了，拿出來煮一煮，消消毒吧。

周董被魚折騰得沒有睡意了，乾脆將假山拿出來，放進鍋中加滿水，用電磁爐加熱。當水沸騰的一瞬間，他突然聽到了一聲淒厲的慘叫。

那慘叫，彷彿是從鍋裡傳出來的，分不清男女，卻異常可怕，像是能鑽入他骨頭裡似的尖銳。

周董用力捂住腦袋，渾身都冒起雞皮疙瘩。

「什麼鬼叫，難不成是青龍石假山被我煮裂了？」他連忙關火，朝裡邊瞅一眼。水沸騰了，咕嚕咕嚕翻滾不休，假山明明還很完整。

那聲淒厲的尖叫，真的是從鍋裡傳出來的？這一刻，他又有點不太確定了。

確定白色絮狀物已經消除後，周董將假山放回魚缸裡。可熱帶魚仍舊畏手畏腳的，始終沒敢靠近假山附近。

他沒再管，睡了個回籠覺，早上洗漱完畢就去上班。等下午五點半回到家時，他頓時傻眼了。

青龍石假山上，那白色的絮狀物再次出現，而且變大了許多，白色的毛絮甚至拽住了一條五公分長的熱帶魚。像是無數根細長的小手，將熱帶魚死死的拽著。熱帶魚翻著白眼，已經不知道死了多久。絮狀物覆蓋了熱帶魚大部分的肉體，似乎在吸食魚的汁液。

「奶奶的。」周董破口大罵，取出水草剪探入水中，想要將那些絮狀物給剪掉。可是剪刀一碰到白色絮狀物就打滑了般，始終沒辦法將熱帶魚和白斑分開。能剪到的全是黏液，滑溜溜的，噁心得很。

剩下的六隻熱帶魚拚命的遠離假山，一副嚇壞了的恐懼。

「咋回事？假山壞了？假山也能壞掉？」養了那麼多年的魚，周董反而完全搞不懂了：「算了，丟了吧。」

他忍住噁心，把假山掏出來，隨手丟進垃圾桶。可是魚的不安感並沒有消失，反而躲在最右側的一叢水草裡，死都不肯出來。

周董沒在意。

到了第三天，他徹底驚呆了。

明明提下去丟掉的假山，竟然詭異的出現在魚缸中。那白色絮狀物又變大了，而魚缸裡的熱帶魚，只剩了四條。

另外兩隻，不見了！

周董終於察覺到恐怕不僅僅只是假山的問題，或許整個魚缸都有問題，他感覺背脊發涼，毛骨悚然。

第四天。

第五天。

第六天。

周董快要瘋了。

魚缸果然有問題。無論他將魚缸砸碎還是扔掉，都完全沒有用。只要隔了一天，只要他閉上眼再睜開的瞬間，這恐怖的預感猶如噩夢，就會再次出現在他的客廳，砸碎它會恢復，扔掉它會回來。

周董完全無法擺脫魚缸。

最可怕的是，魚缸裡的絮狀物還在不斷的長大，越變越大，輪廓也越來越清晰。呈現不規則的圓形。先是像毛茸茸的土豆，再變得和柚子差不多，最後長到了營養不良的西瓜大小。

這東西每天都會吃掉一些熱帶魚。自己原本放在魚缸裡的熱帶魚早就沒有了，但周董根本就不敢冒險。

他不斷的買魚扔進魚缸中，因為他害怕，他害怕得要死。因為他在怕一個問題。當魚缸裡的熱帶魚全部被那怪東西吃掉了，它餓了，又會吃掉什麼？

會吃掉自己嗎？

周董不敢賭。他只能被動的為魚缸裡的怪物餵食。終於有一天，魚缸裡的圓形物體不再長大，而是長出了輪廓，周董簡直不敢相信自己的眼睛。

那竟然是一顆頭。

人類的頭！

01 門內有啥

夜幕低垂，華燈初上，白天裡井然有序的商業社會已然不見，現下的百態生活，都將是不用再偽裝的自我。

春城步行街繁華依舊，出來吃夜宵的白領們陸陸續續開始攻佔各處網紅燒烤店。不過一街之隔的僻靜所在，沒有人能看到的暗物博物館中，夜諾打開博物館的第一扇門，沒想到一開門，就被震驚了。

雖然想像了無數次，但是門內的事物，依然超出了他的想像力。

這間博物館不大，應該位於某種空間裂縫中，無緣人不可能看得到。但是沒想到，博物館的第一扇門後，通往的仍舊是另一個空間裂縫，門只是介質，猶如哆啦A夢的任意門。

證據就是一進門便有一條長長的走廊，大約幾百公尺長。博物館的總體長度和寬度，也沒幾百公尺，而且走廊的盡頭有光，自然光。

夜諾沒有猶豫，一步一步的往裡邊走，走了大約五分鐘，終於來到盡頭，這是一間偌大的圖書室，但是景色相當驚人。

整間圖書室都被透明的玻璃封閉著，三面玻璃牆壁上密密麻麻擺滿大量書籍。玻璃牆壁外，是碧海藍天，春暖花開，正好的柔和陽光從天花板上鋪灑下來，照得人暖洋洋的。

玻璃圖書室建築在一個懸崖頂，熱帶的風吹動滿樹的花朵，搖曳不停。

「從這裡的植物性狀，葉片的朝向，海灣水浪的流向判斷。這裡應該位於大西洋的某一處小島上。」夜諾摸摸下巴，雖然他很快的判斷出了位置，卻有點難以置信。

那條只不過幾百公尺的走廊，竟然跨越了幾千公里的距離。

「至於經緯度，嗯，有點奇怪。」他走到玻璃牆前，皺著眉頭分析。但是卻越看越怪。周圍的風景、植物、海潮，種種跡象表明，圖書室外的經度和緯度，都高度重疊，而且數值很小，小到幾乎沒有。

終於，他吃了一驚：「這裡該不會就是在幾內亞灣以南五百多公里處的某小島上吧。只有這鬼地方，經度緯度才會都是零。」

夜諾苦笑，沒想到暗物博物館裡的門會把他帶到迦納來，實在是太神奇了，想來這個所在，普通人也是看不到的。

他不再在意，反而觀察起了第一扇門中的情況。

透明的圖書室裡藏書大約有幾萬部，最驚人的是，正對走廊的位置有一座巨大的展覽櫃，高達五十公尺，寬也五十公尺。

玻璃展覽櫃中，自己搏命找到的青銅盒子，正漂浮在正中央，完全無視地心引力。夜諾皺皺眉，晃眼間，他似乎在盒子周圍看到一個巨大的、抓住無數根黑色繩索的怪物虛影，這個怪物，本應該是海安的超能力。

但是海安已經失蹤了，不知去向，也不清楚她的超能力還在不在。

突然，倒映著風景的玻璃上，出現一隻血手。博物館的管家血手磕了磕鏡面，用手指寫了滴血的一行字：「桌子裡，有你的獎勵品。」

夜諾撇撇嘴：「我說血手，每次寫字你都要流那麼多血，你的血到底是哪裡補充的啊？」

血手沒好氣：「不用你操心。」

「我也是關心你嘛。要不，你用手語得了，方便簡單不礙事。字一個個的寫，多麻煩。」夜諾笑嘻嘻的說。

只有一截斷手的血手愣了愣，似乎真的在認真思考這個問題。

夜諾大笑道：「抱歉抱歉，我都忘了。你只有一隻手，怎麼比手語，傻啊，你還當真了。」

血手一個趔趄，險些衝出鏡子揍他。天可憐見，自己當了無數歲月的管家，第一次遇到這麼皮的管理員。

「我來看看，辛辛苦苦完成了第一個任務後，可以得到什麼獎勵。」夜諾樂呵呵的找到了圖書室最中央的那張辦公桌，上下打量幾眼，拉開唯一沒有上鎖的抽屜。

抽屜裡只有三樣東西。

一張紙，白色的紙張。幾乎和管理室的一模一樣，彷彿是自我增殖出來的。

夜諾好奇的將這張A4大小的紙拿起來。

接觸紙張的一瞬間，一行行的字，竟然一筆一劃，躍然紙上。

果然和管理室的那一張是一樣的，不，說不定還真的就是那一張。

管理員編號2174：夜諾

等級：見習期一級管理員

身體綜合素質：5

智商：190

暗能量：3

博物館許可權點：10

擁有遺物：開竅珠（30），翠玉手鏈（殘破3）

恭喜您出色的完成了第一個任務。任務評價為A級。為了保障您的生存機率，按照評分等級，送您兩件禮物。

當前許可權分數：10點。擁有隨意進出第一扇門的權利。當前許可權其餘福利，請在今後自行摸索。

開竅珠中有三十點暗能量，應該是搞定第一扇門的任務時得到的。可惜沒有正面硬幹海安，否則收取的暗能量會更多。

一旁的血手嘖嘖寫道：「臭小子，你不錯。在第一個任務成功活下來不說，還得到了A級評價。光算這個，你都能在歷屆管理員中排入前兩百了。」

夜諾嘿嘿笑了兩聲，沒將它的話放在心裡，反而道：「血手，博物館的評價還有許可權點數，有什麼用，這是某種考核制度？難不成管理員的等級還能升遷嗎？」

血手回答：「顯而易見，這是一種激勵機制唄。你沒看過市面上的系統流小說，那些小說可好看了，我沒事就看，看得過癮死了。」

……

夜諾腦袋上一群草泥馬跑過去。這特麼一隻乾枯的小手都在看小說，簡直是太他奶奶勵志了，勵志到夜諾想揍它。

而且這隻手很腹黑，明顯在顧左右而言他，不肯正面回答自己的問題。

「激勵機制？」夜諾摸摸下巴，苦笑：「這激勵機制，倒是很殘忍。」

他一看到有評分和許可權等級，就立刻想到了許多東西。他在第一個任務中的評分為A，得到了兩樣獎勵。也就是說，獎勵並不是恆定的，而是視評分的高低來給予。

這就形成了殘忍的馬太效應。得分越低，得到的獎勵越少。夜諾當初只是得到了一串手鏈而已，就在上個任務中大大的增加了生存機率，獎勵低就意味著被博物館放棄得越快，死得越快。

而獎勵多的管理員，存活時間也會越長，實力更是越來越強。至於許可權分數，也沒那麼簡單。

夜諾想到這裡，越發覺得博物館沒表面那麼單純。鬼知道這個地方，最終的目的是什麼。也許許可權分數增加，任務完成量上去後，自己終究會瞥見到冰山一角吧。

沒再多想，夜諾低頭，看向博物館獎勵的兩個物件。

這兩個東西很有意思，左邊的是一個小盒子，裡邊裝著的東西猶如小孩子愛玩的透明軟泥。夜諾伸手將軟泥抓起來，確實是軟軟的，沒看出有什麼用。

軟泥能捏成任何形狀，倒是不黏糊。他研究了一下，仍舊搞不清楚。

「血手，這是啥？」夜諾問。

血手回答得很乾脆：「遺物，百變軟泥。可以隨使用者的心願，在它的體積範圍內，你想將它變成什麼就變成什麼。限制它的，只有你的想像力。」

「好東西啊。」夜諾眼睛一亮，口水都要流出來：「給我變成一把鈔票。」

手裡的軟泥毫無動靜。夜諾輕輕一捏，還是沒動靜。

「操，玩我啊！」他將軟泥扔地上，軟泥挺有彈性，蹦躂了幾下又彈回他手中了。

「傻啊你，想用百變軟泥，需要輸入暗能量。」血手鄙視道。

夜諾眼睛一翻：「暗能量，就是類似手鏈裡的那些翠綠能量？」

「對。」

夜諾取下手鏈，往百變軟泥上一劃拉：「巴拉巴拉變。」

手鏈上看似廉價的珠子裡流瀉出一絲翠綠能量。但是，那個所謂的百變軟泥，仍舊毫無動靜。

「次奧！」夜諾罵道：「血手，你真不是在玩我？」

血手看他吃癟，很解氣：「需要你自身的暗能量。」

「你妹的，我體內只有三點，而且還不知道怎麼用！」夜諾思考了一下。

雖然據說暗物質和暗能量佔據了宇宙的百分之九十，按理說，人類或者所有生物、甚至是石頭海水，都有暗能量的成分，可現有科學並沒有證明過。

「人類身體裡的暗能量。」血手說：「都被封閉在內迴圈中，無法利用。人類的身體會衰老，表面上是因為細胞氧化了。其實，是因為暗能量流失。暗能量從人類出生開始，就不斷流逝。當流逝殆盡，人就到了壽終正寢的那刻。」

夜諾倒吸一口涼氣：「原來如此，有意思。血手，既然人類本就擁有暗能量。是不是意味著，其實暗地裡已經有人，將這種力量開發了出來？」

血手沉默了一下，沒點手，也沒搖手，算是默認。

「越來越有意思了。」夜諾低頭沉思。「血手，該怎麼引出人類本身的暗能量？」他又問。

血手探出一根手指，鄙夷寫道：「眼瞎了，你不是還有獎勵嗎？」

「獎勵？」夜諾低頭，眼睛又是一亮。

第二個獎勵是一本書，藍底白邊框，看起來就像是廟會上拿來騙人，一塊錢三本的武林秘笈，書上封皮寫著幾個字：《暗能量修煉術（初級）》。

「臥槽，還有修煉術。牛逼啊！」夜諾不知道該怎麼吐槽。他感覺自己在打遊戲，玩死了一關的 Boss，就能拿獎勵，就能學技能升級繼續打 Boss，迎娶白富美攀登巔峰指日可待。

這個規則的設定者，還真是有夠惡趣味的。充分的調戲人類的劣根性。當然，夜諾再聰明再強悍，他也不得不承認。這套規則，成功的吸引了他的興趣。

他將暗能量修煉術拿起來，翻看了一遍後又放了回去。之後就晃悠悠的來到書架牆前東摸摸西瞅瞅。

血手很是不解，從前的兩千多位管理者哪個第一次拿到這本暗能量修煉術的書，不是欣喜若狂，瘋了般看了一遍又一遍，愛不釋手不說，甚至會就在 101 號房裡拚命修煉，這夜諾就是不走尋常路，隨手一看就沒興趣了。

「你不感興趣？」血手見夜諾不斷的翻著書架上的雜書，終於忍不住了。101 號房中的暗能量修煉術雖然是初級版本，但是對新手而言極為重要，可以增加今後任務的存活率。這麼重要的東西，夜諾竟然不在意。作為管家，它有責任提醒一句。

夜諾回頭，不解的說：「感興趣啊。」

「為什麼你不好好讀它？」血手準備長篇大論，教育一下夜諾這有多重要。

夜諾聳聳肩膀：「我讀過了。」

「不光要讀，還要記。」

「我記住了。」夜諾指了指腦子：「你忘了我有病嗎，超憶症。」

他看過一遍的東西，就如同刻在腦子裡，絕對不會忘記。

血手哽了一下：「格老子，忘了。但是這本書，不光要背，還要練。」

「待會兒就練。」夜諾甩出這句話後，再也沒有開口，他不斷的拿起圖書室的書翻看，一本接一本，不眠不休。

這一看，就看了足足一天。

看到夜晚，他也沒有真正的休息，而是抽空練起暗能量修煉術。這本書很古怪，上邊的文字更加古怪。

書中的文字猶如天書，可不知為何，夜諾偏偏能看懂。這絕對是因為博物館的原因。體內的暗能量，跟著修煉術的運行軌跡，在運行了一天後，夜諾陡然發覺，體內有了變化。

丹田的開竅珠猛地迸發出一絲光，這道光像是鞭子，朝原本紋絲不動的那三點暗能量用力的鞭打過去。那些暗能量終於不情不願的，開始緩慢的跟著行功路線，極為緩慢的做起了布朗運動。

沒多久，他就大汗淋漓。

夜諾心裡有些了悟。

博物館中的東西，真的是一環扣一環啊。難怪自己要完成最初的試煉才能被博物館承認，因為沒完成第一個任務，就得不到開竅珠，得不到開竅珠，就算是得到了修煉術也沒用，體內的暗能量沒有開竅珠的驅使，依然是一潭死水。

這修煉術，就絕對不會成功。

夜諾足不出戶，看書修煉，一共六天六夜也沒休息。見他拚命三郎的模樣，血手很滿意。

這傢伙很拚。它喜歡夜諾的血性。

夜諾覺得，第一扇門中圖書館裡的書才是真正的寶藏。書很雜，有不知道哪代管理員編撰的暗物質生物圖譜、習性以及分類等等。可以看得出來，暗物質生物被人類社會的發展裹挾著，同樣也在不斷的進化。

「嗯嗯，所以暗物質生物與人類世界的關係，並不適用於達爾文定律，更像是紅皇后假說。」夜諾看得津津有味，一邊看一邊點評。

夜諾伸了個懶腰。他站起來，猛地眼中精光一閃，手一揚，一坨軟答答的泥巴就出現在右手心中。

「吒！」他低喝一聲，體內能量湧動。百變軟泥瞬間就化為了一柄白森森的匕首，寒氣逼人。

夜諾揮舞了幾下，臉上露出一絲喜色。

「成了！」

暗能量修煉術不算難，可能是這套功法中基礎中的基礎，不只調動了夜諾體內的暗能量，還因為功法的修煉，體質以及能量值都有了提高。

能夠自由改變百變軟泥的形態，就是證明功法已經小成了。

他迫不及待的看向A4紙，紙張上出現他改變後的屬性。

管理員編號2174：夜諾。

等級：見習期一級管理員

身體綜合素質：6

智商：190

暗能量：10

博物館許可權點：10

擁有遺物：開竅珠（20），翠玉手鏈（殘破3）

很好，非常好。得到了證實的夜諾，笑得合不攏嘴。只不過才六天的修煉而已，身體素質增加了一，達到了比普通人稍好的標準。而暗能量直接飆了三倍，達到了十點，但開竅珠中的能量減少了。

這很有意思。

夜諾摸著下巴。很顯然，開竅珠中的能量因為功法的原因，被轉化為了自己的能量。這經驗條，沒想到不只能轉化成翠玉手鏈中的能量，還可以轉化為自身的能力，太牛逼了。

夜諾感覺準備得差不多了，徑直走出管理室。不久前血手說，每完成一扇門的任務，就有一個月的休息期。

他感到自己並不需要這麼長的休息時間，整個圖書館的書都被自己看完了，是時候開始新的挑戰了。

夜諾踏著走廊，來到 102 號門的門口。看著這扇沒有鑰匙孔的斑駁木門，他若有所思。

「血手，這扇門的開啟方式，還是和第一扇門一樣嗎？」他問。

「你準備好了？」血手回答：「不錯，每一扇門的開啟方法都是一樣的。」

「休息得差不多了，夠了。」夜諾笑起來，伸出手，朝著 102 號門，用指關節輕輕的敲了敲：「我就是很好奇，完成了 102 號門的任務，能得到什麼評價，什麼許可權，還有什麼獎勵。」

暗物博物館中的秘密太多了，夜諾沒毛病，他確實很好奇。而且他有個預感，現在開啟新的任務，時機剛剛好。

因為第一扇門中的其中一本書裡隱晦的提到過，如果完成第一個任務後休息時間少於八天，博物館會獎勵一個非常特殊的遺物。

夜諾想要。

門被磕響，102 號門的門板猛地被內部劇烈撞擊幾下，嚇了夜諾一大跳。

還沒等他反應，幾行字已經浮現在門上。

新的管理者啊，距離春城一百公里外的河城，

現在已經變成災厄的海洋。人有面，面有心。

你需要探索災厄的根源，將災厄背後的秘密尋找出來，獻給我。

我將開啟這扇門。

時限：十天。

失敗或超時限，新的管理者啊，你將會變成過去式。

短短一百零八個字，讓夜諾徹底陷入沉思中。102 號門前的任務，和 101 號門

不同，並沒有打太多啞謎，甚至直接給出時間地點。但糟糕的是，就因為給出的線索太直接了，反而讓他有些忐忑。

通過上一個任務，夜諾能感覺得到。在他開啟博物館的這些門之前，門後肯定是有某種具有自主本能意識的東西存在的。但是開門後，那些東西不知道是不是被鎮壓了，還是基於某種狀況，會消失在門內。

至少夜諾甚至都無法找到它們存在過的痕跡。

還有一點，這些門上的任務，到底是博物館給的，還是門後的存在給的，同樣存疑。博物館內的疑點，實在是太多太多了。

「十天時間，河城。」夜諾摸著下巴，在走回管理室的路上，不斷的思索著。

這次的任務有十天時間，表面上看比上個任務多了四天。但也同樣代表著，比上次的任務要困難。哪怕他已經稍微有了些自保的能力。

「河城最近有沒有發生過什麼怪事？」雖然知道時間地點，可一個城市實在有太多都市傳聞和恐怖傳說能夠混淆視聽了。如果將真正的災厄，當作了都市傳說略過，後果將會是致命的。

夜諾掏出手機，仔細的搜索河城的當地論壇、相關微博微信以及社交軟體。並沒有發現特別古怪的地方。

「咦，不對。這裡有些怪。」夜諾突然皺皺眉頭。

河城不算大，只有九十萬常住人口，經濟也很一般，甚至沒有機場。通常要去河城，需要搭乘飛機到春城後，再租車或者坐高鐵前往，但是最近一段時間，春城的幾家租車公司都發布了極為異常的通告。

全面禁止下屬租車企業租車給前往河城的旅客。

怪了，租車企業都是通過租車業務才有得賺。有錢不賺，這是為什麼？

夜諾本能的覺得這裡有問題。他仔細的搜索了這些租車企業的公眾號以及相關新聞。發現了幾個更加蹊蹺的地方。

幾家租車公司的通告，全都是同一時間，也就是三天前發出的。而更早之前，相當一部分車租出去後，竟然都離奇的在行駛向河城的路上，發生了車禍。每一次車禍都很慘烈，車毀人亡，無人倖免。

不光是出租用的車，甚至就連去河城的高鐵上，也發生了幾起乘客突然詭異猝死的狀況。這特麼，到底是什麼情況？

夜諾越看越感興趣：「這些千絲萬縷的狀況，肯定有聯繫。說不定正和我的第二個任務有關。」

他想了想，當即準備買去河城的高鐵票。但一打開售票軟體，他又有些懵了。

原本到河城的高鐵是一個小時一班的，可這幾天直接停了幾列班車，票頓時不夠了，未來十天都別想搶得到票。

夜諾又是一皺眉，他心裡一橫，決定無論如何明天一早都要坐上去河城的高鐵。能上就上，不能上創造條件也要上。

他清楚這個任務，或許有一點難度，但他卻不知道，現在的河城雖然表面平靜，普通人仍舊安居樂業，但是在暗地裡，實則已經亂成了一鍋粥。

一鍋黑暗陰森的可怕毒粥。進去的人都將置身於絞肉場中，再也難以逃脫。

02

去河城的列車

相隔暗物博物館幾條街外，七橋酒吧一條街上。一個長腿黑髮，凹凸有致，身材好到爆炸的女孩走進了一間僻靜的酒吧的大門。

女孩穿著黑色皮衣皮褲，大約芳齡二十。黑色的長直髮俐落紮成馬尾，幾縷青絲垂在輪廓圓潤的臉側。女孩的側顏也是極美，令人窒息。她邁著大長腿，一步不停的往前走。神色全是拒人千里之外的冷峻。

酒吧裡有幾個小混混看女孩走進來，看直了眼。雖然春城的酒吧街也算是美女出沒的所在，可是這些小混混沒見過那麼漂亮的女生。

「特麼這妞絕對九十分以上。」其中一個小混混流著口水對同伴說。

同伴也在流口水：「滿分多少？」

「六十分。」

「老子就說嘛，你蝦子什麼時候眼光那麼高了。這妞至少也是滿分往上，老子這輩子就沒見過這麼靚的妞。」他嘿嘿笑了兩聲：「要撩不？」

「必須的。」小混混吞下一口唾沫，抓起啤酒瓶就走過去。他竄到那美女跟前，斷了她前進的路。

女孩皺皺眉，沒在意，繞開路繼續走，似乎有什麼事令她心情不好。

「美女，給個臉，陪哥倆喝幾杯。」另一個混混也走上前，堵住另一邊的路。

女孩這才意識到有點不對，這兩個傢伙是故意的。她不悅的皺皺眉，那副表情更是讓人垂涎。女孩白皙的皮膚像是沒有毛孔似的，添上通體冰雪般迎面撲來的冷厲氣質，實在是太有誘惑力了。

見被人徹徹底底的堵了路，女孩並沒有說話，只是輕輕一抬頭。兩個混混終於徹底看清楚了女孩的臉，猶如被雷擊了般，心臟怦怦跳個不停。

女孩臉側的兩縷青絲下，是一張傾國傾城的俏臉。可是這張臉上的表情何止冷，彷彿終年覆蓋著一層千古不化的冰霜。

那寒意，能夠透入骨頭。

兩個小混混不由得打了個寒顫。這妞，極品中的極品啊！

酒吧裡不知何時，已經陷入了寂靜中。大部分喝酒的人都停止喧囂，轉而竊竊私語起來。

「那兩個混蛋又要禍害人家良家婦女了。」有個男生憤憤道。

「算了算了，別瞎管。這兩個傢伙仗著自己的姐夫是龍哥，平日裡到處欺男霸女，惡事做了不少。你要讓他們聽到了，小心脫一層皮。」他的朋友連忙噓了一聲，怕他衝動別亂說話。

「但這個女孩，似乎也有點怪啊。平時有女生被這兩個混混纏住都會怕得不得了，可這女生，一點怕的模樣也沒有。」另一個朋友奇怪道。

「我看是她缺一根筋。上次有個小妞被那兩個王八蛋看上，差點被害得家破人亡。」有人插嘴。

可沒有人敢站出來幫助那冰冷的女孩。但是女孩似乎也沒怎麼在乎，她用冰冷的眼色看了兩個混混一眼，彷彿看到的不是兩個人，而只是黏在鞋底的狗屎。她輕輕張嘴，吐出一個更加冰冷的字：「滾。」

兩個混混簡直不敢相信自己的耳朵。他們在這條街上橫行霸道慣了，仗著有姐夫撐腰，哪裡被人叫過滾。

「臭娘們，給你臉不要臉了，你……」左邊的混混破口大罵，伸手就要去抓女孩的長髮。

女孩一動不動，只是淡淡的看了他們一眼。也不知道發生了什麼，兩個還算強壯的大老爺們突然就不動了。

剛剛還義憤填膺的男生用力揉揉眼睛，他簡直不敢相信。這一圈人裡，也數他離得最近，看得最清楚。他分明看到，就在那兩個小混混的手快要碰到女孩時，她的髮絲突然飛舞了一下，彷彿有什麼無形的東西飛出去。

之後兩個小混混就停止所有的動作。暗淡的光線下，酒吧的射燈不時掃在兩個彷彿在玩時間凝固遊戲的混混身上，混混全身都折射出冰晶般絢麗的色彩。

「他，他們，好像變成冰雕了。」有人尖叫一聲。

眼前超越常識的一幕，令所有人都看傻了眼。

冰冷的女孩看也沒看這凍結在自己氣息中的兩個混混，她腳步不停，走入了酒吧的後台。直到窈窕的身影徹底消失後，也沒有人搞明白到底出了什麼事。平時那兩個威風慣了的惡人，怎麼就在一秒之內變成冰雕。

冰雪般冷厲的年輕女子進入酒吧後廚後，仍舊沒有停歇。酒吧裡的服務員剛想問話，只見女子隨手扔了一個東西出去，服務員頓時恭恭敬敬的鞠躬後，將一扇隱蔽的門打開。

女子繼續往門內走，終於來到一個偌大的房間。

這個房間燈光很昏暗，四壁貼滿密密麻麻的符咒，符咒上畫的東西極為玄妙，和普通廟會上騙人的鬼畫符完全不一樣。

房間裡早已經坐滿了幾十個穿著各種各樣服飾的人，這些人原本還鬧鬧哄哄的。但是當冰冷女子走入的一瞬間，所有人都停下動作，視線整齊的注視她。

「季筱彤到了。」一個穿著黑色西裝的中年人，手裡拿著一把匕首，饒有興趣的看著冰冷女孩。

「她就是這一次挑選出來的十二候選聖女之一？」

「好年輕。」

「據說季筱彤的天賦是除穢師這一千餘年來最強大的，強大到讓選拔老師都窒息，是聖女的最熱門人選。」

「嘖嘖，我能娶到這樣的老婆，明天死了都無所謂了。」

「算了吧，先不要說季筱彤是聖女候選，一輩子都不能嫁人。就算她真的願意嫁給你，你敢碰她嗎？」

「啊，這還有說法？」

「你們忘了，她姓什麼？」

「姓季……啊，她是季家的千金！」

「不錯，季家千年歷史，每一代都會出一個天生冰體。無論什麼生物碰到她，都會被她體內的先天冰能凍成冰塊，無一例外。她可是帶刺的玫瑰，好看是好看，但不想死的話，絕對摸不得啊！」

「嘖嘖，白長那麼漂亮。可惜了，太可惜了。」

眾人在私底下小聲的討論。

叫季筱彤的女子也不在意，邁著大長腿，毫不客氣的走到主桌前落座。她絕美的大眼睛裡沒有任何感情色彩，一眾人被她的視線掃過，同時打了個寒顫。

這個女人比想像中更冷、更強。

「這次的任務，你們已經拿到資料了。」季筱彤冷聲道：「我被臨時派來當組長。不過，情況不樂觀。一個禮拜前，組織已經派了三十多個D級以及E級除穢師去了河城。但是全都在路上死光了。河城中藏匿的怪物，或許比想像中更加可怕。」

她頓了頓，視線再次掃過屋裡的人：「咱們七組，在春城的還剩五十人。明天分頭行動，各自租車、開車、坐高鐵。分批繼續前往河城。各自保重，江湖再見。希望明晚，我們能一個都不少。」

季筱彤說完後，徑直離開房間。

「聖女果然很強大，渾身的暗能量令人窒息。」有人嘆服道。

也有人很悲觀：「這次任務相當糟糕，前期已經死了三十人了。死得不明不白，根本無法調查到究竟是什麼東西襲擊他們。咱們這一次傾巢而出，又有幾個人能活著到河城？我猜，災害等級應該在蛇級左右，他們那些狗日的，發布的卻是猴級。」

「任務已經接了，是死是活，各聽天命。」他旁邊的人拍拍他的肩膀，嘆氣：「明天組織應該會更新任務等級吧。」

不管今夜有多少人失眠，但是夜諾睡得相當好。這傢伙沒心沒肺，完全不擔心明天會怎樣。

在暗物博物館的管理室醒來後，他伸個懶腰，這才收拾一下，裝了幾件衣物在隨身包中，朝高鐵站走去。

票完全沒買到，不過他倒是無所謂，畢竟無論什麼事，在他面前，都不叫事。票嘛，總會有辦法的。

這不，他開開心心的在高鐵站瞄準了一個流裡流氣，頭上染成黃毛，還戴著雞看耳環的傢伙。這傢伙一看就不是啥好人，他老實不客氣的偷了人家的票。借著瞟一眼的工夫，將百變軟泥扯成兩截，一半變成黃毛的身分證，一半往臉上一貼，變成黃毛的模樣。

成功的混過了安檢系統順利上車。

那個黃毛臨到上車的時候，自動檢票機將他隔離在外邊。他氣急敗壞的大罵大叫，還狠狠踢了檢票機幾腳，成功引起保安的注意。

夜諾完全沒有負罪感，找到13號車廂，順著車票坐在位子上。沒想到身旁竟然已經坐了人，一個穿著黑色皮衣皮褲的年輕女子戴著耳機，低著頭聽歌。

她的長直髮遮蓋了側臉，但是能感覺得到，這女孩應該不醜。

夜諾坐到她身旁，沒心沒肺的看看餐車的飲食單，想要找找有沒有便宜又好吃的餐飲，他還沒來得及吃早飯咧。

叫了一份雞肉飯後，雞肉的香味，似乎成功的吸引了身旁女孩的注意力。她皺皺眉，低聲說道：「這位先生，你把李陽怎麼樣了？」

「李陽？」夜諾險些被滿嘴的雞肉飯哽住。

特麼的，李陽不正是自己偷來的高鐵票的主人嗎？完了完了，他本來確認過那個李陽是獨自一人，沒想到有同伴已經提前上車，這被現成抓包的感覺，真有些麻煩。

冰冷女孩沒等他回答，重新戴上耳機：「你這麼弱，不可能解決得了李陽，票一定是你從他那裡偷來的。先生，好心奉勸你一句，這趟車不太平，最好改坐下一趟。」

夜諾撓撓頭，乾笑兩聲。

這女孩漂亮是漂亮，但年紀輕輕腦袋就有問題。她那同伴想來也不是什麼重要的同伴，不和對方一起上車不說，語氣也寒冷如冰，甚至根本不在乎夜諾是不是偷了同伴票的小偷。

再說了，她又不是算命的，怎麼知道這趟車有問題，難不成出問題的原因，就在她身上？想到這，夜諾偏過頭，認認真真的打量起她來。

在他肆無忌憚的目光中，女孩絲毫不為所動。

觀察幾眼後，夜諾皺起眉頭。這女孩不簡單。她身材極好，黑色皮衣下的小腹平坦，曲線窈窕，但這些都不是重點。重點是，女孩纖細的身體裡，似乎蘊藏著極強的爆發力。

她的每一寸肌肉線條，都隱藏著隨時都能爆發的力量。她修長緊密的雙腿嚴絲合縫，併攏在座位上，雙手輕輕放在大腿處，就這麼不經意的一放，卻完全沒有破綻。

女孩如同下一秒就能給人致命一擊的獵豹，平平淡淡的冰冷中，全是致命殺機，這妞，真不知道承受了多少可怕的非人訓練。

「看夠了？」女孩見夜諾始終不停觀察自己，轉過頭來看他一眼。

「嘿嘿，還差一點。」夜諾跟她那對如同繁星般的雙眼碰撞在一起，絲毫沒有不好意思。

兩人互不相讓的瞪著對方，彷彿在玩一場誰移開視線就認輸的遊戲。

「你這人有點怪。」最終，女孩嘆了口氣，移開視線。自己有多漂亮，她清楚，許多人看自己的時候，都摻雜著許多不可言喻的欲望。但是夜諾的眼中，沒有欲望，雖然他笑嘻嘻的，卻看不出任何感情色彩。

這個嬉皮笑臉的人，可以比自己更冷。

女孩表面上戴著耳機，實則不斷的在警惕著周圍的環境，一切風吹草動都逃不過她的感官，她根本沒空和夜諾耗。

她轉開頭，但是夜諾沒有。這傢伙還在打量她，打量到讓她有些惱怒起來。這人有沒有基本的修養，怎麼老是用看透一切的視線，在她身上不斷掃描。

不知為何，女孩總覺得這陌生男生的眼神，彷彿能將她的所有秘密掏出來拽出來，一丁點都不剩。

她被這人看得快要透明了，類似的感覺在季筱彤二十年人生中，從來沒有感受過。但是這眼神雖然讓自己氣惱，卻偏偏不討厭。太怪了，這到底是啥人！

季筱彤假裝不在乎，努力用感官繼續窺視著車廂裡的一動一靜。

夜諾終於看夠了，低下頭開開心心的繼續吃著快冷掉的雞肉飯。

女孩本來有心想要趕他下車，免得替李陽蹚渾水，丟掉一條年輕生命，但是又怒於他一直看自己，索性懶得再管他。生死有命，能不能活著走出這趟高鐵，就要看他的命好不好了。

春城到河城的高鐵，一共只有四十分鐘路程。不短，也不長，期間能發生無數意外。

女孩閉上大眼睛，如果不是長睫毛在不時微微顫抖，甚至會讓人懷疑，她是不是已經睡著了。

發車時間到，高鐵門被關閉。車開始緩緩向前行駛。夜諾吃完了早飯，一抬頭，心裡頓時涼了。

13號車廂空空蕩蕩的，偌大的車廂，只有寥寥幾個人坐著。這實在是太不科學了，明明到河城的高鐵座位連十天以後的都賣光了。怎麼坐車的人那麼少？那些人光買票不坐車是幾個意思？

不，也還有另外一種可能。

夜諾的視線，再次落在小妞臉上，只剩下一個可能，這個說列車要出事的女孩，也許是說真的。

她不光知道列車要出事，還提前將十天以內的所有到河城的高鐵票都買光。這女人，到底想要幹嘛？

情況猛然間變得撲朔迷離起來。

夜諾瞇著眼睛，一瞬間在腦子裡想了許多許多。這個從樣貌到目的都不簡單的神秘女孩，究竟有什麼不可告人的秘密？她的秘密，和自己的任務有聯繫嗎？

暗物博物館每一扇門後的任務，最終陣仗都會很大。十有八九，是有聯繫的。夜諾打定主意，死皮賴臉賴定這個女孩。只要跟著她，說不定就能很順利的找到任務目標。

13號車廂不光空蕩蕩，而且非常寂靜。坐在車上的人一聲不哼，沒有任何人交頭接耳。列車緩緩的駛出車站後，開始不斷加速，最終加速到每小時三百公里。車外的風景看似緩慢，實則快速的劃過。

一路都很平穩，直到一直閉眼養神，看似在聽歌，實則耳機裡什麼都沒有播放的季筱彤突然睜開明媚的雙眼。

她精亮的大眼睛中，劃過一絲凝重：「來了！」

女孩的聲音也很好聽，就連壓低的自言自語也那麼婉轉。夜諾頓時來了精神：「什麼來了？」

季筱彤瞪他一眼，好厚的臉皮。

早晨的陽光正好，通過窗戶，照在女孩烏黑的髮絲上，反射著彩虹般的色澤。女孩轉過頭，看向窗外。

窗外風景如畫，一眼望不到頭的平原上，待收的麥子無邊無際。可是在女孩眼中，美好的景象不見，只剩下遮天蓋地的陰霾。彷彿有什麼東西，一手掩了那天，那地，那人間。

夜諾倒是什麼都沒看見，仍舊樂呵呵的看著季筱彤眉頭微皺的側顏。

「不想死的話，就待著別動。」季筱彤冷不防丟出這麼一句話，畢竟夜諾怎麼看都不過是個普通人而已。

女孩隨手在兜裡抓了一根不起眼的簽字筆，順著夜諾和自己的座位虛手畫了個圈：「不要走出這個圈。」

她沒解釋，令她驚訝的是，作為普通人的夜諾本應該將自己當作神經病的，可是夜諾，饒有興趣的看著她，什麼也沒多問。

要說他色膽包天吧，偏偏這傢伙，眼神裡自始至終都沒有出現過色眯眯的表情，季筱彤甚至懷疑，他到底有沒有把自己當成女生看待？

她的感覺沒錯，夜諾的眼中，這女孩，更像是讓他感到獵奇的人形生物罷了。

夜諾嘖嘖稱奇，他剛剛偷偷用玉石手鏈擦擦眼睛。頓時看到季筱彤用筆畫出的那一道無形屏障。屏障將他倆包裹起來，猶如透明的雞蛋。看似脆弱，實則凝實無比。她畫屏障的手法，有點意思。

這女生究竟是什麼人？為什麼會有法術般的能力，這能力，難道也是暗能量實戰利用的方式之一？

夜諾眼一邊分析著季筱彤畫屏障的手法，心說自己應該也能用。另一邊，右眼中閃過一絲翠綠，他視線中的世界不再明亮。視線所及的範圍內，翻滾的黑煙不休不止，拚命的追趕著高速行駛的列車。但是這一幅令人頭皮發麻的末日景象，只有極少數的人能看到。

13號車廂一共有九個人。這九個人，想來都不普通。黑霧猛地一竄，將整個車廂都籠罩起來。接著坐在最前端的一個黑西裝男子，突然毫無預兆的抽搐起來。他抽搐得很厲害，整個人都在座位上抖動，抖得身體都在上躥下跳，犯了羊癲瘋似的。

沒幾秒鐘，黑西裝男子渾身僵硬的起身。眸子裡漆黑一片，完全看不到瞳孔。他一張嘴，一股黑霧冒出，抖動的聲帶發出怪異的淒厲叫聲，那一串串叫聲，聽得人毛骨悚然，頭皮發麻。

季筱彤沒有起身的打算，但是在西裝男子身旁的六人卻慌張起來。

「奶奶的，老三被附身了。」其中一人大吼一聲，從身上不知哪裡猛地抽出一把匕首，以迅雷不及掩耳的速度竄到西裝男身旁。

「不要衝動！」另一光頭男子大喊道，可是拿匕首的那人已經衝了好幾步遠。

他的匕首並沒有碰到附身的西裝男，西裝男喉嚨裡不停的發出彷彿含著水的嘶啞吼聲，突然從地上跳起，雙手雙腳徹底無視地心引力，倒吊在天花板上。

匕首男整個人都動不了，猶如被什麼無形之物抓住似的，他一瞪眼，左手在匕首上一抹，手掌頓時劃破，鮮血淋淋。

「滾開！」他將鮮血朝周圍猛灑，血落在空中，發出嗤嗤的灼燒聲。匕首男渾身一鬆，終於恢復行動力。

「大家動手，否則都會死在這兒。」匕首男喊道，他的手沒有停，血不要錢似的往外灑。血水全都灑在空中，蒸發在空中。所過之處騰起大量的白煙。

科幻的一幕，讓夜諾大呼過癮。

另外五人眼看不好，只得從座位上站起，紛紛喊道：「保護聖女。」

「坐回去，我不需要你們保護。」沒曾想夜諾身旁的女孩反而冷厲的一哼，一直沒有動彈的她隨手捏了幾個手訣，嘴裡默默有詞，唸叨著什麼。

夜諾突然感覺到女孩的身體裡湧出一股陌生而又熟悉的古怪能量波動。這些能量與他從暗能量修煉術中獲取的力量有些類似，但分明有明顯區別，像是比自己修煉的低了許多。

而且從女孩四肢百骸中洩露的能量，老是想要往夜諾的身體上沾，彷彿想要套近乎。臥槽，這小妞看起來像個無心無口無表情的三無女，沒想到體內的能量倒是很熱情。

「現真身！」這位被稱呼為聖女的小妞，眼中一道灼熱的紅閃過，暗能量噴湧而出。所過之處，車廂中的黑暗被生生驅散。就連倒吊在天花板上的西裝男也受到衝擊，硬邦邦的落回地面，不動彈了。

幾人連忙衝上去查探。

「沒氣了。」最終匕首男嘆口氣，搖搖頭，他苦笑著用綁帶將手上的傷口紮緊，警惕周圍。

「聖女，我們已經被河城那東西發現了，沒有必要再遮掩。」其中一個光頭男子向季筱彤請示：「咱們所有人都坐到一起，比較安全。」

季筱彤微微一頷首，算是同意了。

剩下的六人鬆了長長一口氣，連忙以女孩為中心圍攏過來。光頭男看向大大咧咧的仍舊坐在聖女旁邊，絲毫沒打算挪位置的夜諾，皺了下眉頭。

「這位先生，怎麼稱呼？」他在禁止吸菸的牌子下掏出一盒好菸，遞給夜諾。

夜諾眼皮也沒抬一下：「姓夜，不抽菸。」

光頭男明顯是這堆人中的老大，他乾笑兩聲：「夜先生，你倒是膽大，看到有人死了也不怕。」

「我這個人神經確實很粗，天賦。」夜諾淡淡道。

光頭男嘿嘿兩聲，又道：「明眼人都能看出來，這節車廂要出事，而且不是夜先生你這種普通人能夠摻和的極端可怕的事。我這裡有一張其他車廂的票，希望夜先生能離開這兒。」

夜諾笑起來，他看得正起勁，哪裡捨得離開：「不了不了。這裡有趣得很，我這輩子都沒見過這麼稀奇的大場面。」

不只光頭男，就連季筱彤也察覺到夜諾不對勁兒。這傢伙哪裡是粗神經，明明就是缺幾根筋。正常人看到剛剛無法解釋的一幕，不遠遠的逃開才怪。他可好，不光賴在這兒，還很興奮。

這特麼，是正常人能幹得出來的事嗎？

「媽的，不要給你臉不要臉。」匕首男怒了，上前就想將夜諾從聖女旁邊的椅子上拽出來。

老三是他最好的兄弟，兄弟死了，他正一肚子火。

夜諾冷冷看他一眼，已經足夠靠近的老四不知為何，突然心裡湧上一股強烈的涼意。他的手就快要抓到那小子了，卻無論如何都不敢真的抓下去，彷彿這普普通通的男生，並不是真的普通。

其餘人很詫異，一直毛毛躁躁的老四，今天怎麼學會收斂情緒了。

「這小子有點古怪，我怎麼有點怕他！」老四也不解，他嘀咕著，猶豫不決。自己的第六感一直很強，總覺得這一爪子抓下去，他的手就沒了。

但這怎麼可能？

無論他如何想都想不通。夜諾仍舊坐著，笑得看似很單純，猶如鄰家沒心沒肺的單純小鎮青年。

「老子倒要試試，只不過是個普通人而已。」匕首男一咬牙，手掌再次抓下。就在他的手夠靠近的時候，一隻纖細手掌搧在他的臉上。

老四慘嚎一聲，被搧飛出去。

所有人都驚呆了。就連出手的季筱彤也一臉疑惑，看著自己那隻打飛老四的手，這是怎麼回事，自己怎麼會突然毫無預兆的攻擊手下？

老四掙扎著從一兩公尺開外的地方站起來，捂住腫起來的臉。可想而知，這一下到底有多重。奶奶的，聖女打自己幹嘛？難不成這個普通男人其實是她私藏的姘頭？

季筱彤壓下疑惑，瞥了夜諾一眼後，雲淡風輕彷彿什麼都沒有發生過似的，搖頭道：「就讓他在我旁邊吧。如果他有問題，我會親自處理。」

「有意思。」夜諾向後靠靠，舒服的貼著椅背。平靜的表情下卻也同樣詫異。老四的第六感沒有錯，如果他真的攻擊夜諾，這傢伙肯定會反擊。

至於打不打得過，夜諾心裡沒底。

難道身旁這個女孩那麼敏感，自己不過稍微運起體內的力量，她就察覺到危險？不，也不對。但是季筱彤實實在在的一巴掌將想要襲擊自己的手下給打飛，這，該如何解釋？不只是季筱彤，就連他自己都沒辦法解釋。

剛剛學了暗能量修煉術，體內稍微積累一些能量，夜諾有些躍躍欲試，早就想要找個人試試了。

現在的他，更像是個拿著危險玩具的熊孩子，說不定比襲擊入列車的那股黑暗力量，更加可怕。

但是他的可怕，沒人能察覺到。

可是更無人察覺的，是季筱彤的警惕。她雖然面無表情，但是大部分的感知，都籠罩在夜諾身上。只要這傢伙一有不軌，就會將他轟擊成渣。她到現在都沒搞清楚，剛才自己的那一巴掌究竟是怎麼搧出去的。

難不成這個古怪的年輕男子會某種精神方面的邪術，能短暫控制自己的行動力？不可能，這太荒謬了，他明明就沒有動用任何特殊的力量啊。對能量敏感無比的她，絕對不會看錯。

所有人都在季筱彤那突如其來的一巴掌後，心思起伏，各自揣測。

夜諾樂滋滋的看著圍攏過來的幾人，這些人並不提及自己的名字，全用編號代替。光頭是老大，匕首男是老四。穿著白色休閒裝的沉默男是老二。老三被黑霧附身，死了。另外剩下的還有老五和老六，老七，一共六人。

自己身旁的三無小妞被他們稱呼為聖女。

夜諾越發覺得有趣。這些人應該是隸屬於某種神秘的地下組織，去河城想要尋找什麼東西，完成某個任務。有意思的是，他們每個人都有超能力，這些力量，肯定和暗能量有聯繫。

被所有人當作不存在而忽略的他，聽八卦似的，聽得津津有味。

「剛剛那一波攻擊，只是試探而已。我想一起去河城的除穢師大概都受到攻擊，損失情況怎麼樣？」季筱彤問。

光頭老大取出手機查看一下APP程式：「情況不妙。五十人死了二十三個，二十七人暫時存活。」

季筱彤的臉頓時沉下來：「這次的任務，果然遠遠不止猴級。沒想到我的聖女試煉任務一開始，就遇到硬椿子。」

作為十二聖女候補其中之一，季筱彤感覺有些不妙。這次任務，直接影響到聖女選拔的評定分數。如果不速戰速決，別的聖女候補肯定會走到她前頭。

突然她一仰頭，眉一挑，迅速道：「做好準備，第二波，來了！」

說時遲那時快，明媚的天空再次黑暗下來。整個車廂，都陷入陰森的煉獄。

03 車廂煉獄

13號車廂，這個數字說不上吉利不吉利，可被陰霾籠罩之後，就肯定不吉利了。正常人的眼裡，仍舊是天空靚麗。可是在13號車廂中，沒有一個普通人。所有人都能看到暗淡下來的車廂內，似乎有某種壓抑之極的可怕氣息在湧動。這車廂一共一百三十個座位，只坐了八個人。

可是眨眼間，所有座位不知何時黑棟棟的坐滿人，坐滿了黑衣黑褲，面無表情，一聲不哼的人。

這些人，絕不是活人。甚至，根本不能稱得上是人。

夜諾倒吸一口冷氣，每一個突然出現的人，身上都瀰漫著驚人的戾氣，驚天怨恨充滿四周，讓人根本無法暢快呼吸。

被聖女畫過圈的那層結界微微一蕩，將襲擊過來的戾氣生生擋住。夜諾嘖嘖稱奇，對河城隱藏的秘密更加期待。河城中，到底藏著什麼？為什麼會不斷的襲擊並阻止這些人前去？

從身旁女孩這群人中的隻字片語，以及最近幾天的形勢判斷，夜諾不難猜測，十天來去往河城的交通工具為什麼不斷出事故，八成都是因為河城中出了某個可怕的暗物質怪物，那怪物，還很有意識的狙擊方圓一百公里內，對它產生威脅的人或物。

那東西，是有智慧的。

不但有智慧，甚至還懂得謀略。

這真特麼有點意思。

夜諾坐在原地一動不動。但是整個車廂的黑色人影，都開始動了。它們一個個站起身來，朝著活人圍攏。13號車廂剩下的八人被逼得向後一退再退。

「奶奶的，開光。」老四大叫一聲，用匕首飛快在雙眼上一抹，眼眸中頓時一道精光閃過：「這些玩意兒，果然全是戾氣形成的，好強的戾氣！」

「殺！」光頭老大一揮手，不知從哪裡掏出一根棍子，手一揮，棍子呼嘯著發出強烈的風壓聲，朝附近的黑影壓下去。

好幾個黑影被擊中，雲霧般散掉，之後又重新合攏。

「沒效果？」老大一皺眉，手腳不停，棍子如雨點般揮舞：「先找出它們的弱點。」

眾人聽命，紛紛掏出拿手的東西攻擊。夜諾直接看樂了，這群人真是什麼都可以當武器。老五是一支手臂粗的毛筆，老六是拿著一塊普普通通的板磚。

但不同的是，這些人手裡的攻擊武器，絕對不俗。夜諾通過暗能量可以清楚的看到，看起來平凡無奇的各種武器，其實暗暗發光。那些都是微弱的暗能量，普通人根本看不見。

果然，這些自稱是除穢師的傢伙們，實則利用的也都是非常稀疏不純的暗能量罷了。相對而言，自己身旁一直都沒有動過的聖女，身體中的暗能量密度和純度都高得多。

夜諾雖然在暗能量品質上也遠遠高於聖女，但量太少了。作為被父母長期教育夠用原則的夜諾而言，只不過昨天才學會暗能量初級修煉術，更因為懶不想修煉。體內的力量，如果聖女是一泓碧綠的湖水的話，他的能量可能就只有一碗罷了。

但是只這一碗的量，品質卻高得驚人。又例如，雞蛋就算和飛機一樣大，也不可能撞爛拳頭大的鑽石。聖女和夜諾的暗能量對比就是這種情況，聖女的能量雖然大，但是大而不純。

最離奇的是，夜諾驚訝的發現，聖女身上氣息每一次鼓動，都會讓他隱隱有所感，似乎這個女孩隱隱和他有著某種神秘的聯繫。

相信同樣的感覺，那個女孩也有，否則不會對自己又懷疑又戒備。

光頭老大六人使出渾身解數，將滿車的黑影打碎無數次。但是每一次，黑影都會凝結恢復，猶如不死之身。足足十分鐘過去，所有人都累得氣喘吁吁，卻仍舊沒有找到弱點。

「媽的，這些怪物明明是狗級的，攻擊力不強，就是打不死似的。太折騰人了。」老二大罵道。

「這些怪物肯定有弱點。」老大眯著眼睛，一臉凝重：「都趴下，讓我來。」

他猛地大喝一聲，手中棍子猶如旋風，颼颼淒厲的旋轉著，將周圍的戾氣生生壓開。13號車廂內，或許只有夜諾發覺一絲異樣。隨著黑影被擊碎的次數增多，車廂內的氣氛也越壓抑。暗能量在積累，壓抑之極，令人側目。

在夜諾的眼中，整個車廂都黑得猶如午夜，讓人喘不過氣。

光頭老大的棍子旋風將漆黑的暗能量揮出一片空白，氣壓之下，能量爆發。

「哈！」一棒子呈線性攻擊，發射性範圍內，半個車廂的黑影都在能量爆發中生生氣化。光頭老大累得半蹲在地上，大口大口的喘氣，這個大招發出來，他幾乎用盡力氣。

「老子把這些怪物打成碎渣渣直接氣化掉，我看它們還怎麼恢復。」對於自己的這招乾坤一棒，光頭老大很自信。

但是還沒等他笑出來，表情就完全凝固。

黑色人影又一次凝結，而且這些怪物，肉眼可見的變得更加凝實了。

「怎麼可能，怪物在升級？」所有人都瞪大眼。

老五苦笑：「難怪前期從春城派出去的除穢師會在路上死得不明不白，這些東西簡直都是不死身，誰殺得了啊。」

黑色人影發出無聲的嘶吼，鋪天蓋地的朝眾人湧過來。一百多個黑影，黑壓壓的將整個車廂籠罩得密不透風，它們或跑或爬，張牙舞爪，三五成群，抓著拽著人就不會放手。拚命的想要擠入人類的身軀。

老七尖叫一聲，本來還揮舞著短劍的他突然就不動彈了。

一個黑影抓住他的嘴，另一隻黑影踮著腳尖，像是穿衣服般，將自己從腳開始塞入老七的口中。這個高大的漢子完全無法動彈，他的手腳軀幹全都被黑影拽得死死的。

當那只黑影徹底進入老七嘴中後，老七發出一聲非人的吼叫，他的眼眸全黑，看不到瞳孔，他手中的短劍也通體盡黑，猶如被汙穢汙染，散發著不祥的黑煙。

「老七被附身了！快殺了他！」一旁的老五眼見老七抓著黑色短劍朝自己攻擊過來，嚇得魂都快散了。

他在空中掉轉，好不容易才在老七和黑影的攻擊夾縫中躲開來。但情況已經岌岌可危，他躲不了多長時間。

「聖女。」光頭老大力瀉，勉力抵抗著黑影的加擊，慘叫道：「聖女大人，您再不出手，咱們可就要全滅了。」

季筱彤一動也不動，嘴裡卻一直在唸叨著什麼，她皮衣皮褲下的每一根肌肉每一條曲線，都在聚集能量。

就在這時，一直在看熱鬧的夜諾突然咦了一聲。

他感覺自己身體裡的暗能量，有些不太對勁兒。不對勁的還不只他的能量，還有丹田中那一串博物館的鑰匙，自從夜諾成為博物館管理員，受到博物館承認後，那串鑰匙就在他的丹田中，和他形影不離，而且除了他之外，別人也看不到。

可就在季筱彤默默唸咒的時候，那串鑰匙突然發出一陣龍吟般的響聲。聲音只進入了他的耳中，只有他聽得到。

隨著季筱彤唸咒的速度越來越快，他體內湧入的那股感覺越是強烈。彷彿季筱彤的咒語，冥冥中和他連接起來。咒語的內容晦暧難懂，甚至夜諾根本都聽不清楚，但他腦子裡卻莫名的湧上一絲瞭解。

季筱彤似乎通過唸咒，向自己索取某種力量。這特麼到底是怎麼回事？這個女孩，他明明才第一次見到啊，而且是敵是友都沒搞明白，這人就開始朝自己索取力量了。說實話，夜諾有點懵。

但很快，他就搞懂狀況。女孩並不是真的在從他身上抽取力量，而是祈求他這個鑰匙的主人，祈求博物館裡的某種玄妙的力量。作為博物館的當代主人，又是離她最近的人，變相的，也就是在利用咒文，徵求他的同意。

在這一刻，夜諾感覺到自己似乎變成神，變成季筱彤苦苦祈求的神。只要自己一個念頭，她的力量就會盡失。那種感受，非常怪異。

「看來博物館的秘密遠遠比我揣測的還要深奧得多。至少眼前這個聖女，她想要用特定的暗能量招數，在這距離下，就需要我的同意。」夜諾摸著下巴，思緒一秒就猜測無數的可能。

「吾，收到你的禱告。」瞥了女孩一眼，夜諾笑嘻嘻的在心裡惡搞了一句。

叮，許可權點數，減少一。

隨著這句話，一個冰冷的聲音傳入夜諾的腦海中。這是博物館的系統音，這幾個意思？敢情答應別人的禱告，是要扣分的？

怪怪的咧，我現在連博物館的許可權點數到底有什麼用都還不清楚啊，怎麼就減我的分數了。

夜諾在心裡鬱悶。

而另一邊，季筱彤突然汗水一滴一滴的往下落。這特定的咒文，屬於每個聖女候補都需要修習的除穢師咒語之一。原本就只是走個流程，唸咒速度越快越好，一般一兩秒鐘就能搞定，除穢術也能順利施展。

可這一次，怎麼就不靈了。她唸咒唸足足十多秒，舌頭都快打結了，硬是沒有使出來。能量不斷的在身體裡積累，積而不能發，女孩感覺自己像一個隨時快要爆炸的氣球，難受得要死。

終於，就在她真的快要被體內的能量給撐破的瞬間，腦海裡傳來幾個轟雷般的聲音：「吾，收到你的禱告。」

隨之能量滔滔，從她手心湧出，一襲白色能量風暴炸開，所到之處，一切黑色人影都被摧枯拉朽，渣都不剩，眨眼間，整個車廂便乾淨了。

白色能量太過強大，甚至還順著黑影腦袋上的黑色能量束往上爬，一路上行。在極遠的河城，施展穢術的怪物慘叫一聲，一口汙血噴出老遠。

剛剛才險死還生的光頭老大幾人站在原地，許久都不敢動彈。好半天，老五才震驚的說：「都說咱家聖女的天賦是千年來最高的，可看了這一招除穢術，我看遠遠不止。十二候選聖女中，或許她是最頂尖的，這簡簡單單一招實在是太可怕了。」

光頭老大敬畏的直點頭。

季筱彤仍舊一動不動的站在原地，面無表情，實則已經驚訝到極點。她的實力自己清楚得很，她的實力確實不錯，天賦也確實挺好，但在十二聖女中，並非拔尖的存在。但是剛剛那一招，威力遠遠超出自己的預料。至少是平時的三倍以上。

更可怕的是，自己剛剛腦子裡出現什麼！自己祈求的神明，竟然回應了。神明竟然真的回應自己了，這是幾百年來都沒有出現過的事。

根據除穢師的典籍記載，原本聖女是神的僕人，只為侍奉神而存在。但是幾百年前，聖女的禱告突然就再也沒有得到回應。可自己，在剛剛竟然得到神的回應。

一瞬間，季筱彤冰冷的心臟怦怦跳個不停。她欣喜若狂，也敬畏神的神威，那莊嚴無比的一句話，徹徹底底刻入她的靈魂，但同時，她也有些奇怪，怎麼神的聲音，貌似有些熟悉，像是在哪兒聽過。

夜諾乖乖的坐在位子上，蹺著二郎腿，肚子有點餓，他乾脆一伸手把季筱彤行李外夾著的薯片拿過來，吃得香噴噴。

季筱彤橫了他一眼，決定不理這個膽子大、缺神經而且沒臉沒皮的傢伙。女孩環顧車廂一眼，淡淡道：「傷亡情況如何？」

「老七也被附身，沒救了。」老大嘆了口氣。被汙穢附身的人，身體機能全被破壞，救不活的。

「那怪物暫時被我打傷，這幾天會躲起來舔舐傷口，不會再分出穢氣阻止我們。剛剛那一波，咱們一共死了多少人？」聖女冰冰冷的問。

老大連忙掏出手機，打開 APP 查看。一看之下，臉色頓時煞白，他抬頭苦笑：「聖女，全死光了。只剩下我們。」

季筱彤心裡一冷，一巴掌拍在前排椅背上，用力之大差一點把椅背拍碎：「混帳東西！到了河城，我一定要將它碎屍萬段。」

這些人全都是季家一系，一次死了近百個，就算季家底子不薄，這次也算傷了血本。十二候補聖女，最終只有一個會成為真正的聖女，賭的是人，是物是資源，缺一不可。

雖然季筱彤生性極冷，也不由得動怒。從小就被教育，人生只有做聖女這一條路的她，輕輕咬咬牙。

「無論如何，先搞明白，神為什麼會回應我的祈禱。」她輕輕一甩頭，下令所有人都不准發出動靜，然後閉上眼睛，雙手合十，開始祈禱起來。

她想要和神再次建立連接。

她這一祈禱不要緊，夜諾立刻就煩了。他煩死了。近在咫尺的小妞嘴唇一動不動，可是她所有的話都通過博物館鑰匙灌入夜諾的腦子中。

猶如一千隻蒼蠅在繞著腦髓飛來飛去，不光煩，而且夜諾覺得自己身旁的小妞簡直有病。人家祈禱都是向神禱告，高唱讚歌，神喜歡聽什麼人家歌頌什麼。

季筱彤倒是好，用祈禱來來回回的都在問，神啊，您吃了沒。神啊，您吃了沒。神啊，您吃了沒。

這傢伙，整個一重度交流障礙症患者。

「煩死了！」

苦苦堅持五分鐘之後，夜諾捂著腦袋就要爆發時，河城，到了！

高鐵減速，廣播裡提示下車的聲音傳來。季筱彤終於停止禱告，睜開雙眼。明眸中女孩明顯是失望了。她不只沒有再次和自己的神連接上，似乎還隱隱感覺到了神突然開始厭惡自己。

算了，不急。這位年輕的候選聖女精神無比堅韌，她準備慢慢試。

「下車。」季筱彤站起身，徑直朝緩緩敞開的門走去。

剩下的五人連忙也爬起來，跟著走出去。光頭老大見夜諾也在跟著往外走，輕輕擋住了他，語氣客氣，實則帶著警告的說：「夜先生，今天看到的事情，為了您的安全，希望你不要說出去。」

「今天我看到啥？」夜諾眨巴幾下眼睛。

光頭老大大笑：「孺子可教也，你的性格，我喜歡。」

說著就一邊哈哈大笑，一邊往外走。

但是夜諾接下來的行動，他就一丁點都喜歡不起來了。這傢伙竟然一路跟著他們，進入下車的人流，一路跟上去。無論他們一行人怎麼走，夜諾都跟屁蟲似的，跟個不停。

當走出高鐵站的時候，老四實在忍不住了。

「你這傢伙，到底想要幹什麼。難不成看上我們聖女了？」老四一轉身，擋在夜諾跟前，厲喝道。

這個看起來平凡無奇的男子，行為軌跡實在有些不可測。老四都有想要做掉他的心了，但是也只敢想想罷了，半小時前季筱彤打自己的那一巴掌，還結結實實的在臉上腫著。

夜諾仍舊笑嘻嘻的：「對啊，我就是跟著你們，我也確實對你們家聖女有興趣。」

讓人大跌眼鏡的是，人家完全不遮不掩自己的意圖，大大咧咧的承認了，老四被這一句弄得語塞，不知道該怎麼回這個厚臉皮的傢伙。

光頭老大皺皺眉頭，往前走幾步：「夜先生，愛美之心人人皆有。但是你跟我們家聖女是不可能的，一旦被選擇為聖女的女子，一輩子都要奉獻給神，永遠不可能結婚有伴侶。」

夜諾撇撇嘴，正要說話。

季筱彤突然開口了：「老周，他感興趣的不是我。」

作為一個女孩子家，第六感還是有的。季筱彤知道自己的樣貌對異性有極強的吸引力，但是，這吸引力似乎對夜諾完全無效，他的眼中看不出對自己的情感，他感興趣的地方，季筱彤甚至無法揣測。

有心想要將夜諾暴力驅開，古怪的是，哪怕只是提起這個想法，季筱彤的靈魂中都會湧出一絲罪惡感和不敬感。這種感覺非常強烈，季筱彤完全沒辦法抵抗。

這個人，絕對不是個普通人。但明明他身上，又看不出任何能量的波動。就是個正常人啊。冰雪聰明的季筱彤第一次感到棘手，她決定無視夜諾。

畢竟，自己不知為何根本就不能傷害他。甚至連想一想都做不到。

「老周，不用管他，走吧。」季筱彤深深看了夜諾一眼，轉頭準備上車。

一輛小型巴士早就停在候車處，六個人魚貫而入。夜諾快步往前走了幾下，沒追上去。

「開車。」季筱彤逃也似的吐出這句話，司機連忙將車門關閉，一踩油門竄出去。

「哼。」不知道厚臉皮為何物的夜諾極為鬱悶，瞪著眼睛隔著窗戶惱怒的望了季筱彤一眼。

季筱彤被這一眼看得心臟怦怦直跳，她強壓下想要命令手下停車的衝動，示意司機更快的開走。

季筱彤搞不懂今天的自己到底是怎麼了。二十年來，自己的感情就如同一塊冰，毫無波動，為了人生中最重要的目的，虔誠無比。但僅僅一個早晨，自己的天就變了，只為了一個初識男人的眼神，她就什麼都想要拋下，停下腳步，等待他過來。

這特麼到底是怎麼回事？是自己有問題，還是那個男子有問題？季筱彤想不明白更想不通，這個完全沒來由的情緒，到底是從哪裡冒出來的？

「這種事，果然要回去問問師傅。」女孩輕輕一咬銀牙，將視線落在窗外。她心裡暗暗有個想法，隨著對這個男子的物理性距離增加，自己受到的干擾就越低，情緒的波動就越弱。

有問題的絕對是那男子。

如果真的是他對自己施展了某種妖法……光想到這，季筱彤再也沒敢想下去。

夜諾站在高鐵站出口，眼巴巴的望著小巴士遠離，他揉揉頭：「切，還以為找到完成個任務的捷徑了咧。沒想到這些人這麼厚臉皮，甩開我就跑了。」

呃，也不知道真正厚臉皮還不自知的，到底是誰。

「算了，先找一家旅社吧。環不環境無所謂，主要是便宜。」夜諾窮得很，而且完成博物館的任務也沒錢拿。他摸摸錢包，對一個衝著自己笑個不停的猥褻小老頭走去。

這個小老頭舉著一個牌子：「高盧旅社，標準房，二十四小時熱水。環境優雅，乾淨。三十塊錢一晚。」

對物質追求不高的夜諾只看到了三十塊錢一晚這幾個字，和猥褻老頭說了幾句後，就跟著他走了。

夜諾走在他身後，突然，他愣了愣，之後就一眨不眨的看著小老頭的背。他的視線，完全集中在小老頭的肩膀上。

這人的肩膀，有東西。尋常人看不到的可怕東西赫然，是一顆頭。

頭髮猶如海帶，冒著騰騰黑煙的人頭。

04 旅社驚魂

「呼，好難受。」夜諾睜開眼睛。

入眼是一間極為骯髒的賓館房間，這房間十分狹小，只有一張木板床。昏暗的白熾燈大概有幾十年歷史了，四面牆壁脫落嚴重，沒脫落的地方也長滿了黑點，沒有窗戶，整個房間都充斥著刺鼻的黴味。

不過三十塊錢一晚上的房間，他還有啥好嫌的。

就地坐在冰冷的地板上，夜諾剛剛按照博物館中獎勵的暗能量修煉術修煉了一圈，只感覺體內的暗能量黏糊糊的，撐得經脈不舒服。

這本書裡記載的修煉術，他本來沒多想，以為也就是一本修煉術而已，但是當遇到了那所謂的候補聖女後，才回過味來。

貌似這修煉術中修習出來的能量，還有些別的作用。例如，通過鑰匙反向傳遞給那個小妞，讓她的除穢術變強幾倍。

夜諾修煉幾圈後，體內的能量就撐得有點多，他不敢再繼續修煉下去，開始研究起當初在火車上，那小妞施展的無形屏障。這種屏障施展起來，貌似只需要幾種特定的手法，以及暗能量的行功路線。

憑藉自己過目不忘的能力，夜諾不斷的分析季筱彤在施展無形屏障時，身體和手部各種肌肉的變化。沒想到不久後，竟然真讓他給研究出來了。

「出來！回去！我果然是天才，哈哈哈。以後就叫這層屏障『結界術』吧。」夜諾得意的將結界術施展幾次，感覺比較熟練後，沒敢再浪費本就不多的能量。

第一扇門中雖然有許多知識，可這些知識中並沒有關於暗能量運作的功法，這讓夜諾很鬱悶。

重新躺回骯髒的床，準備閉眼睡覺。

但他腦袋還很清醒，無論如何也睡不著。他整理一下思緒，為明天的行動做了個計畫表，之後，他開始思索這個旅館的老闆，那猥褻小老頭脖子上的到底是什麼東西。

毫無疑問，那顆腦袋，絕對是暗物質生物。那怪物通體蒸騰著黑色晦氣，光是靠近都會令人感覺不祥。

夜諾修習了暗能量後，稍微能不依靠手上的玉石手鏈，就能看到一些弱小的暗物質怪物。但是這只人頭怪，說它弱小，也不盡然。它的存在感很奇特，猶如是寄生上去的。

當夜諾發現它的時候，人頭怪正依附在老頭的肩膀上，雙眼猙獰充滿血絲，它含著老頭碩果僅存的幾根稀疏頭髮，就那麼吸吮著。

夜諾猜測，它怕是在吸人類的生命精華。

人體本身都有微弱的暗能量，暗物質生物，或許吸收的正是這些能量。可這只頭是從哪裡來的？猥褻老頭到底做了什麼事，才會被人頭怪寄生？這和自己到河城的任務有關聯嗎？

夜諾沒有打草驚蛇，更沒有將人頭怪一掌拽下來。他想等等看，在老頭居住的環境踩踩風，看能不能找到更多的線索。

就在這時，樓下傳來一陣尖銳的吵架聲，有男有女，聲音裡飄散著濃濃的火藥味。夜諾這人也八卦，顧不上已經凌晨兩點多，自己房間沒有窗戶不打緊，他眼巴巴的打開門就朝走廊盡頭跑去。

八卦的不只他一個，滿樓住戶都跑出來了。這些德行夠爛的住戶笑呵呵的猶如過節，身上隨便披了件外套，擁擠在不算大的窗前，臉擠得要貼在玻璃上變了形。

「啥情況。」來的人還在前仆後繼，繼續增加。

夜諾佔據了有利位置，視線很好。他在內心吐槽，這滿樓住的都是啥人，人家兩個普普通通的年輕人吵架，都能勾引出這麼多夜貓子來。

樓下一個棚子附近，一男一女兩個人正吵得激烈。女的身材姣好，穿得也還得體，男的個子挺好，看不清模樣。女的用力推男的，男的向後一退再退，最後回了幾句，頭也不回的離開。

女的穿著高跟鞋，蹲在地上，捂著臉哭。

夜諾身旁一個穿著白色背心的大叔憤憤道：「真是好白菜被豬拱了。」

夜諾撇撇嘴，是，是。男人這種生物啊，只要是有男朋友的漂亮女生，在別的男人眼裡，都是被豬拱了的白菜，插在牛糞上的花。

「嘖嘖，把這麼漂亮的女朋友凌晨兩點扔在貧民區，這個男的也太沒屌了。」白背心大叔彈兩下舌頭，手有點癢：「兄弟，有沒有興趣賭一下，女的接下來會幹啥？」

「賭？」夜諾聽到他的話，抬頭一看，明白了。這都要賭，難怪這大叔會住在三十元一晚的旅社。特麼就是個啥都要賭一把的賭徒。

「十元一注，我做莊。」白大褂大叔張開嗓子，熱熱鬧鬧的喊著：「有誰要賭的？」

「怎麼個賭法？」感興趣的大有人在。

所以說，能住這麼糟糕的地方的傢伙們，絕對都是有原因的。

「當然是賭女孩接下來的行為嘛，五分鐘一局，大家有興趣的都參與一下。說對了的，獨得賭注。」大叔回答。

「來！」

「當然搞一局。」

深夜無趣的人把那可憐的姑娘當作賭資和消遣時間的工具了，紛紛掏出鈔票，猜測女孩接下來五分鐘的行為。

夜諾也掏出一百塊，他撇撇嘴，說：「我賭那女孩，會一邊哭一邊發朋友圈。昭告天下，自己失戀了。」

「賭，賭，賭。」十多個人擠成一團，臉貼臉一眨不眨的看著蹲著的女孩。

白衣女孩蹲著哭了一陣子，之後掏出手機劈劈啪啪的在手機上打字。

「臥槽，她真在發朋友圈。」要說人多了，肯定會冒出能人來。有一個傢伙從房間裡摸出一高倍望遠鏡，偷窺女孩的手機螢幕。

夜諾一陣無語，這都是些啥人啊。

沒管那麼多，這一局夜諾贏了一千多塊，樂呵呵的，盤算著明天可以換個好地方住。

第二局開始，大家再次紛紛解囊，猜測女孩下一步要幹嘛。夜諾卻沒有再賭，見好就收的道理不是人人都懂，貪婪才是原罪。

更何況，他總覺得那個白衣女孩，貌似有點越來越不對勁兒。他雙眼盯著那女生，白衣女生蹲了一會兒，發完朋友圈後，仍舊沒有離開。

做莊的大叔調侃道：「這女娃該不會準備坐一個晚上吧。」

「也有可能是準備等備胎來接她。現在的女娃，漂亮的哪沒幾個備胎。」身後一個戴著帽子的青年憤慨的撇撇嘴，不知道是不是曾受過感情傷害：「我打賭五百塊，等一會兒肯定有老實人備胎來找他。」

「很有可能。」拿著望遠鏡的男子精神一振：「這女娃貌似在和好幾個人同時聊天，你們猜等會兒來接她的，會是正牌男友，還是備胎？」

事情越發有趣了，大家打賭的熱情高漲。畢竟八卦誰不喜歡。住這兒的哪個不是社會底層，被生活碾壓進塵埃中的失敗者，誰想晚上睡不著還有樂子看，甚至有錢贏，那當然成了這些人最大的樂趣。

夜諾越來越感覺不對勁兒，那個女子的身影，似乎突然模糊了一下，可是附近沒人發現。

又等了幾分鐘，沒人來接女孩。做莊的大叔開開心心的準備收錢，就在這時，拿著望遠鏡的男子猛地渾身一抖，渾身冒雞皮疙瘩。

「等一等，這個女的，好像發現咱們在偷看她。」

「怎麼說？」有人問。

「她在手機上打字，說對面一群變態在看自己，要找人殺死咱們……」

一股毛骨悚然的感覺，在夜風中冒上所有人的脊背。夜諾身後的青年笑道：「怎麼可能，我看她就在說說氣話。」

「我總覺得有股不好的預感。她又打字了，她說，要親手殺了那些偷窺自己，幸災樂禍，還拿她賭錢的混帳。」拿望遠鏡的男子渾身抖了一下。

「不對啊，她就算能看到咱們在偷看她。但是怎麼會知道我們拿她當賭注。不應該啊，老哥，你該不是在故意唬我們？」戴帽子的年輕人道。

話音還沒落，樓下的女子突然抬起頭，姣好可人的嘴角咧開一絲陰森怪異的笑。那笑將她的漂亮打得支離破碎，只剩下不協調的詭異。看得人心裡瘆得慌。

女子舉起手機，緩緩將螢幕朝對面樓轉過去。不知為何，就連住在六樓上的夜諾等人，竟然清晰的看到了手機螢幕上的字。

你們都是混帳敗類，你們都應該死。幸災樂禍的人，全都要死。

死，死，死。

殺，我要殺了你們。

看到螢幕的人，從腳底冷到腦袋。一陣風吹來，所有人彷彿都聽到了一陣猶如耳畔發出的陰惻惻的淒厲笑聲。

「哇，特麼，好恐怖。」戴帽子的青年一屁股嚇得坐在地上。

螢幕上的字，自動滑起來。

一樓，二樓，三樓，四樓，五樓，六樓。

女子瘋狂笑著，一邊笑，腦袋一邊扭來扭去，許多姿勢已經不是正常人類能夠做出來的動作了。看得人越發心驚。

夜諾也冒出幾滴冷汗，這女人不光是不正常，特麼她說不定根本就不是人類。螢幕上的一樓到六樓是怎麼回事？難不成不僅僅只是他們六樓，其實每一層樓，都有人在偷窺？

嘻嘻，呵呵呵。

女子又發出一陣笑，在眾人的驚呼聲中，整個腦袋都掉下去。只剩下沒有頭的身軀，蹲坐在地上，一動也不動。

「啊，那女人死了。」做莊的大叔手裡的錢沒拿穩，散落一地。

「沒死，你看她的頭。」夜諾出聲道。

果不其然，不同於靜止不動的身軀。女人的頭在地上仍舊扭動不止，動作的幅度越來越大，它不斷滾動，朝著夜諾住的這棟樓的方向。

「這顆頭是怎麼回事，我聽說過人死後腦袋還會有幾秒鐘的意識，但沒聽說過單單只有一顆頭也能滾動的啊。」戴帽子的青年瞪大眼。

說時遲那時快，就在那顆女人的頭下方，猛然間長出了幾根細細的腿。那些腿通體黑色，彷彿是六隻雞爪子。猙獰細長的腿從女人的後腦勺上長出來，女人的臉針對夜諾等人的方向。

她曾經姣好的面容發黑，眼眸裡全是白仁，帶著淒厲的笑，六根細腿呼哧呼哧衝入了賓館內。

六樓所有人都嚇得不輕，面面相窺，不知道該怎麼辦才好。

樓下發出一陣陣淒慘的尖叫聲，叫的有男有女，那是人死亡前發出的最後一絲悲鳴，六樓的眾人全都在發抖。

他們無論年齡多大，生活經驗有多豐富，在這詭異的事件中，都嚇得夠嗆。

「這一切，該不會是真的吧？」戴帽子的年輕人弱弱道，自從那長了腿的人頭衝入樓中後沒多久，慘死的叫聲不絕於耳。他多希望是幻覺，是自己在做夢。可無論怎麼掐自己的腿，都能感到那刺骨的痛。

眼前的事，真得不能再真。

「你，你們看。」拿著望遠鏡的男子不知看到了什麼，哆哆嗦嗦的吼道。

眾人順著他指的位置望去，頓時渾身一陣顫。只見女人手裡拿著的手機螢幕，一樓竟然被畫了一個大大的叉。

紅色的叉猶如鮮紅的血，在不斷滴落，駭人得很。

「這是什麼意思？」望遠鏡男問。

夜諾強自鎮定：「你們有沒發覺，一樓已經完全沒動靜了？說不定紅叉的意義只有一個，那就是那人頭怪物已經解決一樓所有剛剛看她熱鬧的人。」

「那，那些人都怎麼樣了？」帽子男問。

「還能怎麼樣？」夜諾苦笑了幾下。

人頭怪物絕對是某種暗物質怪物，這個怪物不強大，但也只是相對於剛剛在火車上遇到的那個候補聖女季筱彤而言。他夜諾雖然修煉的暗能量品質很高，但是量太少了。他稍微一判斷後，感覺那通體散發著強烈戾氣的人頭怪，自己不一定打得過。

「分頭逃。」穿白背心的大叔一把將做莊贏來的錢塞進褲兜裡，斬釘截鐵的說。

「逃，能逃哪兒去？」有人道：「而且什麼都是咱們自己瞎猜測的，萬一現在看到的一切，不過是有人在惡作劇呢？」

話說完，死寂的樓內，又發出了淒慘的死亡叫聲。這一次叫聲近了些，貌似是從二樓傳過來的。

「逃啊！」好幾個人打了個冷顫後吼道，之後所有人都嚇尿了，猶如走獸散開，拚命的往各處逃。

大多數人都躲入了自己的房間裡，妄圖依靠一層薄薄的紙板門將那人頭怪物阻攔在外。他們覺得自己倒楣透頂，怎麼只是深夜看了一場熱鬧，就惹來要命的無妄之災。

夜諾沒有動，他眯著眼睛盯了樓下無頭女人手裡死死拽著的手機幾眼後，又環顧起周圍的環境。逃，他最後自然是要逃的，不過現在根本無處可逃。

四下打量後，他有了主意。

夜諾在長長的走廊走來走去，有事沒事的拍了幾下牆壁，之後將玉石手鐲中翠綠的能量引導出來，在地上畫了幾道凡人看不到的線。

之後他再次回到了走廊盡頭，安安靜靜的看著無頭女人手裡的手機。不久後，二樓的聲音也沒了，手機螢幕上二樓被打了叉。

接著是三樓。

四樓。

夜諾所站位置不遠處，一扇門內，正有幾個人擁擠在門邊上，一眨不眨的從門縫裡瞅著他看。

這幾個人正是白背心大叔、帽子青年和拿出望遠鏡的男子。他們躲在一個房間，言語間，似乎三人熟稔得很。

「大哥，那年輕人在幹啥？」望遠鏡男對夜諾的行為有點看不懂。

「媽的，管他幹啥。總之這次咱們騙了不少錢。嘿嘿，大哥啥時候分贓啊？」帽子青年搓了搓拇指和食指。

「分，分你媽的。咱們都不知道活不活得成，現在你還光想著錢錢錢。」白背心大叔罵道。

帽子青年縮縮脖子，低聲咕噥著：「不想著錢，咱哪還跟著你走南闖北的行騙啊。媽的，路走多了果然會打濕腳，沒想到大晚上臨時有個局，竟然會遇到怪事。」

白背心大叔瞪了他一眼，帽子男沒敢再多說。

「大哥，你覺著今晚的事，是真的嗎？」望遠鏡男問。

白背心嘆了口氣：「二弟啊，咱這輩子半個華夏都走過了，聽過許多怪事，第一次真個遇到。恐怕，咱們這次是過不去了。」

言下之意，這怪事真得不能再真了。

「但，怎麼可能。」望遠鏡男是獨一個將所有情況都原原本本看清楚的，但他至今還是難以置信：「這世上怎麼會突然冒出個女人，突然腦袋就長腿了。你說長腿就長腿吧，一個長腿的腦袋也沒啥可怕的。咱們一棟樓多少人，怎麼會任它殺，就沒有人能制住它？」

「要能制住，它也不會從一樓一樓往上殺了，怕是這東西還有別的古怪。」白背心一直在偷偷瞅夜諾的行動。

帽子男忍不住了：「大哥，那個年輕人在幹啥，他看起來比我還小。」

「你認為他在幹啥。我覺得，他也不簡單。我這輩子看過的人比吃過的飯還多，從來沒有見過像他這樣的，自始至終，這年輕人，沒害怕過。」白背心一咬牙：「兄弟們，等會兒盯緊他。如果真有危險，就朝他身旁靠。」

白背心的眼睛很毒。

「既然這世上有怪物，或許就真的有治怪物的人，說不定他就是那種人。」三個騙子感覺這一晚人生觀都徹底顛覆了。

很快，五樓，也陷入了沉默中。

死寂在蔓延，沒過多久，躲在六樓某個屋子裡的人突然慘叫了一聲。所有躲著的人都屏住呼吸，一動不動，蟄伏著，希望死的是別人，自己運氣好，能躲過這一劫。

夜諾依然沒有動靜，默默的站在走廊盡頭。

很快，躲在夜諾不遠處屋子中的白背心三人，猛然間感覺自己的房間有點不對勁起來！

狹小的屋子裡，是破敗的三張單人床，其餘擺設就啥都沒有了。三人擁擠在門邊，突然聽到身後傳來了一陣怪異的響聲。

猶如有什麼多腳的怪物，正不斷的挪動腳爪，蜈蚣似的往前行，但是不應該啊，這麼小的空間裡，怎麼可能會出現發出如此大聲量的蟲子？

三人嚇得渾身打抖，脖子僵硬的緩緩向後望去，視線所及之處，什麼都沒有看到。正當三人想要鬆一口氣時，突然，他們的視線中，出現一張臉。

一張嬌小可愛的女人的臉。這張臉略帶陰森，嘴角還殘留著殷紅的血跡，睜開兩隻黑乎乎的大眼睛陰惻惻的，正和他們對視。

那張臉倒吊在天花板上，咧嘴，露出兩排尖銳的獠牙。

「媽呀！」戴帽子的年輕人尖叫一聲，想要拉開門逃出去。可這一摸，竟然摸到了個冰冰冷冷的物體。

那是尖銳的硬物，手感像是沾著黏答答液體的牙齒。

青年低頭一看，只見不知何時還倒吊著的怪物，竟然已經跑到自己的手邊，他的手指，正在人頭怪的嘴中。

人頭怪淒笑著，一口咬下去。隨著帽子青年的慘叫，血濺射出來，濺了三人一臉。帽子青年的三根手指齊刷刷被咬斷了。

人頭怪將手指吞進去，咧嘴跳起，朝帽子青年的脖子咬過來。

「你奶奶的。」白背心大哥抄手摸了一把板凳朝人頭怪打過去。

凳子打在人頭怪腦袋上，粉身碎骨。但是人頭怪竟然沒有任何損傷，恐怖的黑色瞳孔轉向他身上。

「嘻嘻嘻。」人頭怪叫著，從頭皮裡冒出的尖銳爪子在牆壁上一彈，空中迅速轉向，朝他咬去。

「哇。媽的。」白背心大叔年輕時候顯然是個練家子，他險之又險的躲開。

人頭怪沒攻擊中，再次轉向，速度快得眼花繚亂。在房間中不斷的彈來彈去繼續加速。

「逃，朝走廊那個年輕人身旁逃。」白背心大叔大吼一聲，不斷的將周圍的物件朝後扔，扯開門率先往外衝。

人頭怪在空中非常靈活，無論扔什麼都打不中它。白背心和望遠鏡男跑得最快，連滾帶爬的衝出去後，就算帽子青年發出了臨死前的慘嚎，也不敢回頭看一眼。

夜諾安安靜靜的繼續站在走廊的盡頭，突然他皺皺眉頭。只見不遠處的客房門開，兩個渾身帶血的人衝了出來。

「別動，千萬不要動。你們再往前跑，會死的。」夜諾急忙道。自己佈置的陷阱就在兩人的腳下，這些充斥滿暗能量的機關，不光對暗物質怪物有效，對人也同樣有效。

兩個死裡逃生的人哪管得了那麼多，拚命的向前跑。他們根本看不到眼前有啥危險的東西。

「該死。」夜諾鬱悶的叫道。他連忙手指一劃，將機關拆除。兩人衝到了他身旁，隨之而來的，是一陣劈哩劈哩的刺耳腳步聲。

人頭怪終於殺到六樓，到他跟前來了。

05
深入調查

「都不要動，屏住呼吸。」眼看著剛剛佈置好的陷阱，因為兩個人意外衝出來而毀掉。夜諾撓撓頭，迅速用手一劃：「結界術。」

一道暗能量在地上留下一條普通人看不到的痕跡。這痕跡，將他們暫時隱蔽起來。對於暗能量的利用方法，博物館一丁點都沒有告訴他。現在如今眼目下，夜諾只能靠自己摸索。

而且，他身體裡的力量太少了，經不起消耗。

用暗能量隔絕一定範圍的人類生人氣息，而且這道能量障礙還有一定的物理抗性，夜諾將其稱呼為結界術。

這結界術，還是從候補聖女季筱彤身上學來的。只看了一次，而且完全不清楚竅門竟然就能學會的夜諾，要讓季筱彤知道了，絕對會驚掉下巴。

原本追著生人氣息和血腥味追出房門的人頭怪物，突然就發現走廊上的三個人消失得無影無蹤，只有基本智慧的它，疑惑起來。

在走廊上用細細的爪子走來走去，尋找著那三人的蹤跡。

「它竟然看不到我們！」望遠鏡男長長鬆了一口氣。

白背心大叔瞪他一眼：「沒聽這位小哥說的，要你屏住氣嗎？」

「少說話。」夜諾淡淡道：「我這層屏障，撐不了多久。」

「今晚到底是怎麼回事？」望遠鏡男心裡疑惑，急需要答案：「它究竟是啥東西，這傢伙，真的把這棟樓從一樓到六樓的人，全都殺光了嗎？」

「不是全部，它只殺了看它熱鬧，拿它開心的人。別的人，還在屋子裡好好的睡著。」夜諾回答。

「為什麼？我們不過就是看看熱鬧而已，它就要殺光我們。」望遠鏡男憤怒道。

夜諾冷笑一聲：「凡事都有因果，哪怕是怪物，也不會無緣無故的殺人吃人。你可以將它當作一種釣魚執法的生物，它故意製造事端，引誘人和它建立起因果關係。你們看它熱鬧，嘲笑它，將它當作賭資，它就把你們當作食物，變為養分。」

他在博物館的第一扇門裡，看了大量的書。但也仍舊只是勉勉強強的瞭解到了一些超自然怪物的習性。畢竟人類社會在變，怪物們也在與時俱進。沒有什麼是恆久不變的，每一年，怪物們都在改變。

這種人頭怪，夜諾斷定它應該是寄生性夜間誘導捕食怪物，之所以是人頭模樣，也是因為它的寄生性，樓下拿著手機的無頭女人身體，就是它的寄生體。

「怎麼這樣。」望遠鏡男抬頭，怒道：「你既然能將我們隱藏起來，肯定有辦法對付它。為什麼你任憑它殺死屋裡的人，竟然都沒有出手救人。」

「老二，你他媽閉嘴。」白背心大叔一巴掌搧在男子臉上，臉上擠出笑容：「小哥，別見怪，我家二弟出生的時候缺氧，腦袋又被他媽的屁股夾過，從小就是個腦殘。他說的話，您就當屁一樣吹過去，髒了您的耳朵。」

他怕夜諾將自己兩人趕走去餵怪物。

夜諾掃一眼望遠鏡男。沒想到這個騙子還頗有正義感，只是正義感沒用對地方，他三弟死的時候，也沒見他過去幫一把。這種人，也不過和網上的鍵盤俠一個德行，只知道說別人，對自己沒利的，就會雙標。

沒理他，夜諾的注意力，一直都在人頭怪上。

時間一點一滴過去，佈置在地上的暗能量結界，開始散開，怪物又依稀能聞到了三人的氣息，轉過腦袋，用猙獰的眸子，朝他們看過來。

「媽啊。」白背心大叔尖叫一聲：「小哥，它貌似看到我們了。」

「不是貌似，它確實看到我們了。」夜諾一動不動。

「怎麼辦，該怎麼辦？」白背心朝身旁的窗戶瞅瞅，六樓，樓下沒有緩衝物，跳下去的話還是一個死。他慌了。

望遠鏡男更慌張。完全不復剛剛責備夜諾見死不救的勇氣，尖著嗓子朝大哥身後擠。

美女人頭怪「嗤嗤」的吐吐蛞蝓般的舌頭，陰森笑著，踱著步子，尖細的腳猛地跳起，腦袋筆直的朝三人衝過來。

夜諾仍舊一動不動，面無表情。

旁邊的兩人簡直要嚇傻了，他們哇哇叫著就想要往別處逃。

「別動，動就會死。」夜諾好心吩咐一句。

白背心大叔吃的鹽多，經驗豐富，聽到夜諾的話立刻就沒動了。望遠鏡男仍舊嚇得往前跑，沒跑幾步，突然他感覺自己猶如被蜘蛛絲纏住了似的，完全沒辦法動彈。明明身旁啥都沒有，但行動力莫名其妙的全沒了。

「白痴。」夜諾罵了一句。

這傢伙剛好撞在自己佈置的陷阱上。人頭怪在空中變向，一口咬在了望遠鏡男的脖子上。男子慘叫一聲，整個人都抽搐著，癱軟下去。

他瞳孔散亂，睜大雙眼，卻沒死，感受人頭怪噗呲噗呲的將自己的腦袋從脖子上抓穩，大口吞掉。

人頭怪本是個嬌小的女性，腦袋的比例比望遠鏡男小多了，可是竟然毫無壓力的咧開嘴，將望遠鏡男的頭囫圇吞棗的吃了進去。

就連夜諾一時間也沒搞懂這傢伙到底把人頭都吃到哪裡去了。因為，按比例講實在不科學啊。

「二弟。嗚嗚。」白背心大叔慘嚎一聲。

「閉嘴。」夜諾瞪了他一眼。

「小哥，我們是不是死定了？」大叔悲哀的問。

「你會不會死我不清楚。反正我肯定沒事。」夜諾道。

「這他媽怪物都只有幾公尺遠了，吃完我二弟就要吃我們了，您還說沒事。」大叔打了個冷顫，臨死都要吐槽下，精神可嘉。

夜諾懶得理他。他的精神高度集中，默默計算著人頭怪的軌跡。

人頭怪吃完望遠鏡男，滿嘴血沫子，美人臉更加可怖了。揚起黏稠的，海帶似的長髮朝夜諾兩人撲來。

「來得好。」夜諾說。

怪物撲到半空中，突然猶如雷電擊中般，抽搐幾下，落在地上。它美人臉著地，後腦勺上的爪子仰面撲騰了幾下，這才翻過身。黑漆漆的邪惡眸子，警惕的看向夜諾。

怪物的直覺告訴它，這個人，似乎不簡單，可看起來，又不像有多強。

夜諾對它笑笑，比了個中指：「滾過來受死。」

怪物智慧簡單，果然衝過來了。但是這一次不再走直向，而是歪歪扭扭的在空氣裡不斷變向。

夜諾頓時笑得更開心了。早在幾分鐘前，怪物吃望遠鏡男的時候，他就在腦子裡估算出了幾萬種怪物的行為軌跡，最終確定了最有可能的那一個再次佈置了陷阱。

怪物快要瘋了，它覺得自己闖入了天羅地網。無論是往前走，還是往後走，都會被預先埋設的暗能量衝擊。這些暗能量雖然微弱，但是精純無比，天生是它的剋星，最可惡的還是那個嘴角帶笑的男子。

夜諾用百變軟泥扯成兩段，大的那一坨變出了一把槍，小的變成彈匣，有事沒事的朝人頭怪射擊。

軟泥變成的子彈，並不能對人頭怪造成實際上的傷害。不過每一次射擊，夜諾都只不過在改變怪物的行進軌跡，讓它觸發更多的陷阱。

折騰了五分多鐘，人頭怪終於被他弄得奄奄一息，倒在地上艱難的掙扎，妄圖重新站起來。

夜諾沒有掉以輕心，一揮手，體內剩餘不多的暗能量湧出，朝著人頭怪的眼睛刺入。美人頭慘叫，那臨死的叫聲刺耳欲聾，彷彿整棟樓房都在它的叫聲中顫抖。

在叫聲中，普通人哪裡承受得了。白背心大叔耳朵孔直冒血，雙腿一軟，跌坐在地上，緩都緩不過來。

夜諾也沒預計這怪物臨死前還有殺招，但是他反應夠快。連忙用最後的暗能量封閉五識五感，這才沒有受傷。

「得，得救了。」白背心大叔看著美人頭化為一片黑灰，瀰漫在空中，最後消失得乾乾淨淨，一股劫後餘生的欣喜湧上來。他大口大口喘息著，這人這輩子缺德事做過不少，但還是第一次玩這麼刺激的。

「此地不宜久留，趕緊離開吧。」夜諾撇撇嘴。總覺得哪裡還是不太對勁兒。畢竟為什麼自己隨便找一個地方住，都能遇到暗物質怪物。

是自己有問題，還是整個河城都有問題？無論如何，這地方都不能住了。畢竟，他可是清楚記得旅館老闆的脖子上，還隱約浮現著一隻人頭怪。

用膝蓋想，都清楚肯定和今晚的事有聯繫。

整棟樓安安靜靜，從一樓到六樓，該死的人都死了個乾淨。在怪物面前，作為天之驕子的人類，實在是太渺小了，只是一隻算不得強大的人臉怪，就能將上百人屠殺掉，吃進去。自己前二十年的人生，怎麼那麼歲月靜好，咋就一隻暗物質怪物也沒遇到過？

果然和博物館說的那樣，地球在不久前，已經進入了暗物質最密集的宇宙空間。暗物質怪物們正在開始劇烈的增殖，異變了嗎？

夜諾沒想下去，帶著跟屁蟲似的白背心大叔，腳步不停的往外逃。可就在他們來到三樓時，夜諾突然毫無預兆的停下腳步。

他沒再走，額頭上，竟然冒出了一層冷汗。

「小哥，你發現什麼了？」白背心大叔左右看看，沒看到啥特殊的東西。

夜諾苦笑：「該死，疏忽了。」

「您疏忽了啥？」白背心沒搞懂。

「那些人頭怪遠遠不止一隻。剛剛那隻臨死時的怪叫，並不是想要攻擊我們。而是在召喚。召喚附近的人頭怪過來。」夜諾嘆了口氣：「現在，整棟樓都被人頭怪包圍。咱倆，想來是逃不掉了。」

白背心大駭，瘋了似的朝三樓走廊盡頭的窗戶跑，頭探出去望了望，這一望之下，臉上頓時全是絕望。

各條小巷子都開始陸續出現窸窸窣窣的怪物細腿走路聲，聲音從四面八方匯集，不知道有多少。

他們，確實被怪物們包圍了。再也，逃不掉了！

花開兩朵，各表一枝。

季筱彤雖然對夜諾戒備的同時，也很好奇。她離開夜諾後，彷彿心口被挖走了一坨肉。好久才緩過來，這種情緒很古怪，女孩很清楚，自己一輩子沒有為誰感情波動過，如果說突然喜歡上那個男生……

絕無可能。

那種情愫，並不是喜歡才對。

女孩沒有再繼續亂想下去。她從車上下來後，來到一棟普通的樓前。從春城一同前來的五十人，最終只有幾人到達，無論怎麼想，這個城市，都是危險重重的。隱藏在背後的可怕怪物雖然大意之下被她打傷，但是傷得並不重，他們時間不多。

「就是這裡嗎？」季筱彤抬頭往上看。她的體內能量湧動，湧入眼眸，雙眼中閃過一絲白光。

開天光後，女孩眼中這棟樓仍舊並沒有什麼古怪。

光頭老大看看手機：「最早委託組織的女孩一家，確實住在這裡。2206房。當初組織並沒有將這件事看得很大，都是按正常流程在走，可是直到派出的人，沒有一個到達河城，全都在中途離奇死亡後，才重視起來。」

「你所謂的重視，不過是發了個可笑的猴級任務。」季筱彤冷冷一笑。

這任務可遠遠不止猴級。組織的任務據說千百年來，都是用十二生肖中幾種比較有代表性的動物表示等級。龍虎蛇猴狗雞，雞級只是些瑣碎小事，學徒級的除穢師都能搞定。

但是狗級以上就不同，需要正式的除穢師處理。猴級的代表幾個C級除穢師就能祛除。蛇級不得了，至少要出動季筱彤般準聖女實力的A級除穢師。

虎級別，威脅相當大，幾乎能毀滅整個組織，出動所有除穢師或許才能勉強應對。組織有歷史記載的一千多年來，虎級的怪物只出現過一次，就那一次，如果不是神出手，組織早已經不存在。

龍級，至今從來沒有發生過。如果真的發生，或許就是地球毀滅的那一刻。

當然雖然籠統的分為六個災難等級，但是每個等級之間，還有六個小等級，組織部門負責具體劃分。

果不其然，今天在路上又死了四十多個除穢師後，組織已經通過 APP 將災難等級更改了。

「蛇 5 級？」季筱彤看看手機螢幕，又是一聲冷笑。從火車上出現的那些被操縱的怪物看，或許組織還是低估了災難等級。

「上去吧，看看那個女孩什麼情況。」她吩咐手下繞著這棟樓佈置了幾道結界後，帶著眾人上樓。

隨著電梯發出的一聲輕響，季筱彤來到二十二樓。這個一梯十二戶的大廈，哪怕在河城這個小地方，也算是廉價的，不過走廊裝修得不錯，6 號房在走廊的最內側。光頭老大敲了敲門，好半天，才有人來應門。

開門的是一個面容憔悴的中年婦女，看得出，她已經飽受煎熬很久了。

「你們是誰？」中年婦女看看門外的一眾人，警惕的問。

「是你們聯絡我的。」光頭老大取出手機，點開 APP 程式，給她看訂單。

「沒想到那個傳說中的網站，真的有用。」中年婦女吃了一驚，仍舊沒讓他們進門：「你們網站不是一個星期前就說派人出來了嗎？為什麼現在才有人到？」

光頭老大一陣苦笑。這人絕對不知道，為了接這個訂單，七天時間，前前後後，已經至少有一百名除穢師慘死了，這代價實在是有點沉重。

季筱彤不想廢話：「人在哪？」

中年婦女指指屋裡：「我女兒就在屋裡。你們真的有辦法治好她？醫生說她只有三天好活，讓我們將女兒抬回家準備後事。可是我女兒明明好好的，現在也活得好好的，何止才活了七天！」

「活得好好的？」季筱彤冰冷的哼了一聲：「你有沒有試著帶她離開河城？」

中年婦女臉色頓然大變，沉默不語。

「她無論如何都無法離開河城，對吧。不管你們怎麼嘗試，用了什麼辦法。她都會再次回到家裡，對吧？」季筱彤又說。

中年婦女慘笑道：「不錯。原本我們夫妻倆還想帶女兒到省城大醫院去看看病。可是一離開河城，女兒就大叫不止，甚至脖子無法控制的扭來扭去，麵條似的變得很長。那脖子太可怕了，完全不像是正常人能夠扭曲出來的姿勢。我怕，怕女兒的脖子，總有一天會斷掉，腦袋自己逃走。」

「現在活著的到底還是不是你家女兒，還難說呢。帶我們進去看看。」季筱彤將一張鬼畫符般的東西抽出來，貼在 2206 的門上，中指虛劃，嘴裡唸唸有詞。

鬼畫符閃爍了一下，彷彿印在防盜門表面，極為神奇。

「這是什麼？」中年婦女看眼前這年輕女孩變戲法似的，貌似有些手段，內心深處的希望不由得多了些。

「古代愚昧時期，叫它符籙。不過現在科學昌明了，我們借用科學來除穢。這張符，就是科學的力量加上某種人體自帶的能量製作的。」光頭老大笑嘻嘻的解釋。面對普通人，很多東西都無法解釋得太詳細，所以乾脆說得神棍些，更便於普羅大眾理解。

其實說白了，就是話術，就是忽悠。

中年婦女將六人迎入房門。面容冰冷的季筱彤，渾身突然爆出更加刺骨的涼意。

「還不顯形。」她冷厲的氣息彷彿冰山壓頂，所過之處，普通人哪裡承受得住。中年婦女臉色大變，她感覺自己渾身的血液都快被凍僵了。

房間裡的一切物件，都開始蒙上一層冰霜。玻璃窗戶也開始模糊、凍結。森嚴的冷意，壓抑無比。在這壓抑的空隙中，突然透出一絲淒厲的慘叫，一個籃球大小，拖曳著毛茸茸圓形物體，拚命朝季筱彤襲擊過來。

「腦袋？」季筱彤一皺眉，右手虛劃，手心一道匹練白光迅速打出去。

那個圓形物體慘嚎一聲，被猛地打退好幾步遠，它窸窸窣窣的落到天花板上，不斷流出黑乎乎的液體。

中年婦女嚇得險些暈過去，自己家裡好好的，怎麼突然出現一顆人腦袋。不錯，那確確實實是一顆人腦袋，一顆女人的腦袋。

那腦袋面容看起來還有些清秀，年紀也不大，可是皮膚爆開，陰霾的皮下爬滿了黑色的經絡，猙獰的血紅眼睛裡，全是戾氣。那腦袋倒掛在天花板，黑色長髮彷彿海帶般垂落，嘴裡還在兀自嘔吐著黑色的血，顯然是被季筱彤打傷了。

「這什麼玩意兒！」光頭老大等人瞪大眼睛：「飛頭蠻？」

「不，這不是普通的飛頭蠻！」季筱彤搖頭。

飛頭蠻是《搜神記》中記載過的一種長頸妖怪。按照現代的解釋，可以視為是人被某種暗物質生物附身，頭在睡覺時飛離身體獵食，嗜喝人血食人肉。

「如果這怪物真的是飛頭蠻，被附身的人在七天內就會變成枯骨，但是那女孩並沒有變成枯骨。」季筱彤輕輕一喝，雙手如同蝴蝶飛舞，身體輕飄飄的朝受傷的人頭怪再次襲去。

中年婦女強撐起身體，這才看清，這女性人頭，赫然竟然是自己女兒的。難不成女兒死了，已經變成妖怪？

「大嬸，離遠一點，小心誤傷。咱們家的聖女一進入戰鬥模式，可是十足暴力狂。」光頭老大將癱軟的中年婦女朝遠處拉，躲在角落中。

匹練的能量在空中劃過無數道白光，季筱彤冰冷的氣息讓空氣都凍結了。人頭怪在空中亂竄，但是始終逃不出她的攻擊範圍。大量的冰晶在唰唰唰的往下落，中年婦女只是個普通人，哪裡受得了房間內急速下降的溫度。

很快，所有人渾身上下都結了一層霜。

「下來！」一道白光終於擊中了狡猾的人頭，人頭怪物頓時被凍結成冰塊，硬邦邦的掉在地上。

季筱彤低頭看一眼冰晶中的頭顱，之後徑直朝臥室走去。

光頭老大五人訕訕一笑，拍拍身上的冰霜後跟上去，他們將能量運入眼中，也開啟了天光。

開天光是最基本的除穢術，每個除穢師在學徒階段就需要學習。天光入眼後，能看到常人看不到的暗能量流束。只不過受限於光頭老大幾人全都是D級的除穢師，進入眼中的天光並不強大，所看也有限。

但是一開天光後，屋裡的景象同樣讓他們吃了一驚。

剛剛進屋的時候還沒有發現異樣，但是真的進來了，就不對味了。他們一行人的進入彷彿開啟了某種閥門，原本平靜的客廳裡，全都佈滿了密密麻麻蜘蛛絲般的紅線。這些紅線常人看不到，全是某種暗能量。

而人頭怪哪裡會飛，它全靠著這些紅線在空中騰挪轉移。這些紅線看起來透著強烈的不祥，讓人根本不想接觸。

「燒掉它們！」光頭老大各自取出幾張符紙，隨手一揚，符紙無風自燃。火焰竟然是藍色的。

藍色火光一接觸到紅線，就劇烈的炙燒起來。不多時，紅線全都被燒了個一乾二淨。

「跟著聖女進去。」光頭老大蹲下身，將冰凍的人頭怪撿起來。一邊往前走一邊說：「老二老四保持警惕。老五老六保護那位大嬸。」

說這話的時候，光頭老大還給了老五一個眼色。老五心領神會，說是保護大嬸，老大實則是想要他監視對方。自己女兒都變成人頭怪了，要說這中年女人有沒有問題，誰都說不清。畢竟暗能量詛咒之間的晦氣傳播速度很快，說不定這婦女早已經被傳染了。

只不過，暫時還看不出來而已。

在這詭異的河城，光頭老大頭皮發麻。他感覺自己在這個城市裡呼吸到的每一口空氣，都帶著濃濃的血腥味。

這個城市，到底是怎麼了！

06 身首

走入女孩的臥室，又是另一番恐怖景象。

更加密集的紅線遍布在臥室中。密密麻麻，密不透風，讓人窒息。季筱彤通體冰冷的能量湧動，所過之處，紅線寸寸斷裂。很快，她就走到床邊。

這個臥室不大，大約只有十三平方公尺。一張床，一座小巧的衣櫃，還有小梳妝台，這就是全部了。看得出來，這家女兒很受寵愛，也很愛美。梳妝台上擺放著許多化妝品，只是這些化妝品很久沒有人碰過，桌子上落了灰塵，但更多的，還是紅線，令人作嘔的紅線。

房間裡的紅線每一根都是黏答答的，明知道沒有氣味，但光頭老大等人就是止不住的覺得它臭。

每一根紅線的盡頭，都止步於床。

床上，一個女孩的身形正躺。但是她整個人都被埋入了深深的紅線當中。

「解除天光！」季筱彤眼眸流轉，漆黑漂亮的眸子中，能量退去，視線頓時恢復正常。

滿屋子的紅線都不見了，只見床上被埋入紅線中的女孩，也露出真正的模樣。這個女孩大約十八歲，正是讀高三的年紀。她的胸膛起伏，正常呼吸著。

但可怕的是，這個正常呼吸著的活人。竟然沒有頭。頭的位置空缺了，裡邊的經絡和橫切面都在，甚至連血液也在正常的流動。只是血液流入空缺的主動脈後，就消失不見，彷彿是以某種玄妙的方式，將血輸送進了不見蹤影的腦袋裡去了。

「那些紅線，在維持她人首分離時的生命。」季筱彤慢悠悠道：「這一點倒是和飛頭蠻很像。」

「飛頭蠻可不會這模樣。那一類怪物人身體和腦袋同屬於兩種生物，但看這個女生，頭和身還屬於她，只是不知道她為什麼變成這樣。」光頭老大百思不得其解。

「現在的暗物質生物進化得太快，我經常有一種所學跟不上時代的感覺。」老二嘆氣：「真不知道這世界到底怎麼了！」

「世界確實在變。」季筱彤並沒有多說。她家屬於組織的高層，知曉的情況多一些。最近幾年，暗物質怪物層出不窮，而且全都是以往幾千年來，沒有見到過的新種類。

難不成，千年前的預言真的就快到了？

「我先將她的頭接上，再問問情況。」女孩端詳了這沒頭的身體幾眼，探出手，在她空空的脖子上一抓，頓時，神奇的一幕出現。

隨著季筱彤隨手一抓，光頭老大手中冰凍的人頭就猛地朝女孩身上飛過來。一邊飛一邊急速融化，從冰中掙脫的人頭再次露出猙獰的模樣，掙扎著想要從季筱彤的能力中逃走。

季筱彤哪裡會讓它逃，一束白色匹練打過去，人頭怪頓時老實了。

光頭老大等人紛紛折服，不愧是聖女，這手段，他們這些低級的除穢師就做不到。

季筱彤一把抓住人頭怪的頭髮，將它按在女孩的脖子上。人頭怪發出怪異的尖叫聲，季筱彤冷哼一聲，嘴裡猛地吐出一口白氣。

只見人頭怪臉上恐怖的模樣迅速退散，皮膚下漆黑的血管也縮回了正常的尺寸。血紅的眸子閉上後，女孩的頭和身體合在一起，完全看不出有異樣。女孩如同睡著了似的，躺在床上一動也不動。

「醒！」季筱彤掐了個手訣，輕輕敲在她的腦門上。

女孩頓時就睜開眼，黑白分明的大眼睛中，全是疑惑。她眨巴著雙眼，詫異的看著圍在自己床邊上的五男一女。

怪了，自己怎麼一覺醒來，床邊上就多了幾個人，而且面前正在看自己的女孩，也太漂亮了吧，漂亮到自己作為一個女生都會嫉妒。

「你們是誰？」女孩問。

「你是不是叫周鈺？」季筱彤問。

女孩下意識的搖頭：「你才叫周鈺呢。認錯人了，姐姐。我是周芸啊。你們到底是誰？」

「這段時間的事情，你記得多少？」季筱彤故意將周芸的名字說錯，就是想要看看她是不是真的短暫恢復意識。見周芸能記起自己的名字，她的臉色緩和了些許。眼前的女孩，至少還有救。

「我就感覺我頭一暈，之後就昏倒了。對了，我昏了多久？明天還要小測驗啊。」周芸用力敲敲暈沉沉的腦袋。

光頭老大乾笑兩聲：「放心，你們學校的小考試，想來早就考完了。」

「怎麼會？」周芸慌亂的想要從床上撐起身體，但是渾身都沒啥力氣。她努力抬頭，朝對面牆上的電子鐘看去。

一看之下大吃一驚，自己竟然昏迷了二十多天。這特麼到底是怎麼回事？

「小芸，你醒了？」中年婦女聽到屋裡的動靜，連忙走了進來。看到昏迷了幾十天的女兒竟然醒了，不由得大喜，興奮得眼淚直流。

她衝上前抱住女兒，上上下下打量女兒的脖子，看到沒啥異樣後，不停的咕噥著：「醒了就好，醒了就好。媽媽好想你，媽媽怕死了。」

周芸尷尬的被母親抱著透不過氣，用力將老媽推開：「媽，抱得我好難受。」

中年婦女這才放開女兒，用手背抹抹眼淚，轉頭對季筱彤幾人說：「你們網站實在是太神奇了，幾下的功夫，竟然能將所有醫院都醫治不好的病醫好。」

「這不是病。」季筱彤冷冷道。

「尾款我會轉款到貴網站的。」中年婦女再三感謝。

光頭老大扣扣鼻子：「伯母，你女兒只是暫時清醒過來。」

「怎麼，她還沒有被治好？」中年婦女嚇了一大跳，再次打量起女兒。怎麼看，女兒都很正常了啊，剛剛還人首分離的脖子上也沒任何痕跡。

「我用除穢術暫時把她的脖子縫上，但是撐不了多久。」季筱彤開口道：「要想徹底救她，還需要找到源頭。」說完，她徑直朝客廳走去：「這幾天，我都會待在這兒。」

光頭老大走到她身旁，低聲道：「聖女……」

「別叫我聖女。」季筱彤冷然道。

光頭老大嘿嘿一笑：「那，大姐頭，我們真的要在這住幾天？」

季筱彤微微點頭，她流露出一絲凝重：「你有沒有覺得，這個家，很古怪？」

除穢師從來都是用證據來說話，很少用感覺來說明問題。開天光後，看得到就是有問題，看不到就是沒問題。一旦開天光後也看不到有問題，只說明兩種情況：

其一，這裡確實沒有問題。

其二，這裡有問題。但是開天光所看即所得，代表著自己的實力。如果開天光都看不到，那就是你實力不夠。實力不夠還去除穢，不是找死嗎？還不麻溜溜的趕緊逃。

但顯然，這一次季筱彤能感覺到屋子裡有古怪。但是用開天光，她卻是看不見的，這是不是說明，屋子裡異常的東西已經超出了季筱彤的實力範圍。

一想到這兒，光頭老大就背脊發涼。就連A級除穢師的聖女也感到棘手的任務，他們一群D級的除穢師待在這兒，不是當炮灰等死嗎？

「大姐頭，要不咱們先撤。」光頭老大艱難的吞下一口唾沫。

季筱彤卻輕輕搖搖頭：「我雖然不知道這裡到底有什麼古怪，但不難應付。」

說完她從隨身包裡掏出一把紙符，遞給光頭老大：「所有門窗，所有出入口，全都貼上。我倒要看看，今晚究竟什麼會來。」

季筱彤默默坐在沙發上，一動不動，猶如一尊曲線優美的雕塑。

光頭老大五人忙不迭的按照她的吩咐，將全部出入口都貼上紙符。這些紙符全是A級製符師製作的高級貨，看得五人直吞口水。這哪裡是紙符，壓根就是大把大把的鈔票啊。

光憑自己那點任務量，也就夠買些F級的紙符，A級紙符，那是想也別想。

靜坐的季筱彤全神貫注，所有的精力都用來監控房間附近的一切動靜。她的神魂高度集中，腦子卻不斷的思索。

冰雪聰明的她，現在很疑惑。

河城明顯盤踞著一隻極為可怕的怪物，這怪物的真身是什麼？和周芸的腦袋分離的情況有關聯嗎？

時間是從來沒有脫離因果關係的，今晚過後，明天一早，一定要好好問問她，二十多天前到底遇到過什麼。

時間一點一點的過去，很快夜幕降臨。黑暗將本就陰森刺骨的河城吞沒，就在這寂寥的客廳裡。壓抑之極的氣氛流淌在每一寸空間中。

周芸雖然看似正常了，但時不時就會陷入到癲狂狀態裡。剛剛還在說話，下一刻就會抓著脖子，使勁兒的撓。說是脖子癢，她用力到指甲都快要陷入皮肉中，只要一沒看住她，她就會將自己抓得鮮血淋淋。彷彿恨不得把腦袋也拽出去。

晚上中年婦女煮了些家常菜，請季筱彤等人吃。

季筱彤毫不猶豫的拒絕了，從兜裡掏出一個拳頭大的白饅頭，就著自己帶來的礦泉水，小口小口的吃著。

光頭老大幾人倒是沒有客氣，吃得很開心。

就在牆上電子鐘的時針剛剛劃過晚上十點的時候，突然，不知道屋外有什麼東西狠狠撞在窗戶上，發出一聲響亮的悶響。

一直閉著眼的季筱彤，猛地睜開雙眼，昏暗的燈光下，她的雙眼異常明亮：「來了！」

說時遲那時快，原本已經消停好幾個小時的周芸，陡然發出幾聲淒厲的慘叫。她一把抓住自己的脖子，拚命的將頭往外拔，那力氣，比前邊幾次都要大得多。

「閉嘴。」季筱彤一張紙符打過去，貼在周芸的額頭上。周芸頓時就暈了。

季筱彤站起身，黑色的皮衣下藏滿了隨時都會爆發的能量。她一眨不眨的看著大門。

夜晚十點一刻，貼在大門上的紙符發黑，如同燒灼過似的。最終殘破不堪，從門上脫落。紙符脫落的一瞬間，防盜門就被巨力一擊，整個朝季筱彤飛了過去！

「他奶奶的。小哥，你奶奶的太能耐了。咱們竟然真的逃掉了。」白背心大叔有點懵，就算是脫離了危險，他也沒有搞懂，夜諾到底幹了些什麼。

怎麼面對那麼多人頭怪物，他就三下五除二，從從容容的帶他逃出來了呢？曾幾何時，白背心大叔都絕望了。在六樓，那些密密麻麻的怪物吃人不吐骨頭，瘋了般向上湧。夜諾臉上沒有任何表情，他彷彿胸有成竹似的，嘴裡說死定了完蛋了，逃不掉了。

但是身體卻很誠實。

夜諾不斷的在計算什麼，左手拖著他，右手不時在空中虛劃。真是見鬼了，那麼多的怪物，硬是沒有哪一隻來到他倆身旁。身旁的小子彷彿能預知未來似的，所有人頭怪物的行動軌跡，都被他計算得清清楚楚。

這傢伙的智商，怕是真的逆天了。要是來跟自己混，隨便行行騙，自己指不定哪天也會成千萬富翁咧。

白背心活了那麼久，行騙路上見過的人多了去，沒一個能讓他佩服的，但是面對夜諾，他是真的服氣了。不服氣也不行，畢竟跟著他一路逃過來，數次驚險，夜諾硬是在絕路中逢生，逃到了一條小巷子中，遠離那致命的小旅館。附近，暫時沒有危險。

夜諾摸了一把汗，這短短的十來分鐘，他的大腦全開，根本沒看上去那麼輕鬆。湧上來的一百多隻怪物，他單獨面對一隻都夠嗆。他能避開就避開，能躲就躲掉，還好有驚無險。

抬頭看一眼周圍，夜諾又皺皺眉。

身處的小巷子靜悄悄的，汙水橫流。河城這個四線小城市的經濟本來就不算發達，貧民窟中的老巷子，就顯得更加的破敗骯髒。最主要的是，根據兩側的牆壁走向以及建築佈局判斷，往裡邊走沒有任何意義，死路一條罷了。

「哎，麻煩啊。」往回走，無論如何都避不開那個該死的小旅社。算來算去，還是只能往前走，再找路繼續逃吧。夜諾盤算著。

白背心大叔嘿嘿討好的笑著：「小哥，那些怪物不會追來吧？」

「不知道。」夜諾是真不知道，要不當初他就不會貿然攻擊那隻女人頭怪了。特麼哪知道這些怪物竟然是群居的咧。

第二道門的任務，真是棘手。夜諾深知，河城中肯定還隱藏著更可怕的大Boss，現在的人頭怪，不過是小嘍囉而已。怕是第二扇門內想要的東西，線索就在大 Boss 身上。

可問題是，小嘍囉自己也不一定打得過。真麻煩。算了，走一步算一步，至少現在最要緊的是活到明早，之後再去尋找那大怪物的蹤跡。

夜諾隱隱能察覺到，隱在河城的詭異絕不簡單。他一邊苦笑一邊往巷子裡走，走了不久後，白背心大叔又忍不住了：「小哥，那些會走的人腦袋，真的是人類身上掉下來的嗎？」

「不清楚。」夜諾又搖頭。就算他清楚，也不會和普通人說。何況這大叔也不是啥良善人。

白背心大叔知道夜諾不怎麼想理會自己，又是一陣嘿嘿的笑，撓著頭老老實實的跟著夜諾前行。

走著走著，巷子裡的氣氛，就似乎不對勁兒了。

白背心大叔突然打了個冷顫。河城的秋夜雖然涼，但是絕對不會如此冷。大叔感到一股凍入脊髓的冷風突然吹過來，就像是要吹入他的腦門心裡似的，讓他渾身不舒服。

「小哥，你覺不覺得有點冷？」大叔用發抖的聲音問。

「冷？」夜諾詫異的轉頭看一眼，頓時大駭。

奶奶的，白背心大叔怎麼突然變胖了。大叔本來就不算瘦，大肚腩粗胳膊。可在陰冷的夜色裡，從人家戶中偶然傳遞出來的燈光中，大叔似乎多長出了兩個肚腩，一共三個碩大的鼓包出現在他的背後和肩膀上。

大叔竟渾然不知。

「你妹的。」夜諾眼神一凝，迅速向後猛退，和白背心大叔拉開距離。

「小哥，你怎麼看我的眼神怪怪的？難道我身上有不妥？」白背心大叔是個人精，他連忙用眼睛掃視自己的身體，在原地轉了好幾個圈後，由於視線盲區的原因，還是什麼也沒有發現。

他只是覺得，那深入骨髓的涼意，更濃了。

夜諾掏出手機，打開手電筒功能。一束白光照亮白背心大叔，他指指大叔的腳下，大叔懵逼的低頭，之後渾身都在發抖。

他終於看到了。腳下，影子出現在白光中。白光裡，他身上碩大的兩坨不正常的隆起，赫然出現在影子裡。

大叔終於意識到了，他身上有兩個原本不屬於自己身體的東西。可那兩坨，到底是什麼，怎麼突然出現在自己身上的？

「什麼鬼東西！」白背心大叔頭皮發麻渾身都在冒雞皮疙瘩，他探手拚命想要將那兩坨怪東西扯下來。但是無論如何，手也搆不到。

那兩坨怪物發出淒厲的一串笑，咯嘰咯嘰，笑個不停。沙啞恐怖的笑聲，伴隨著咀嚼聲。白背心大叔慘嚎一聲，他正在活活被身上的那兩坨怪東西啃食。

白光中，夜諾也看清了那兩坨怪東西的真身。

「大叔，我現在終於可以回答你剛剛問我的問題了。」夜諾嘆了口氣：「這些怪物，曾經確實都是人類。」

大叔身上的兩坨隆起，竟然是兩個長了六根尖腿的人頭。那兩張猙獰可怖的臉哪怕是變成怪物，扭曲得不成樣，夜諾倒還是認得，那分明是和白背心大叔在小旅社裡行騙的望遠鏡男和帽子青年。

怪了，這個人明明死了，什麼時候，如何又變成怪物，還悄無聲息的出現在白背心大叔的身體上？

夜諾有些想不明白。

但無論他有沒有搞清楚，事實正在發生。夜諾低頭看一眼手鏈，上邊的三顆玉珠子裡的翠綠能量已經不多了；而自己體內的暗能量，本來就渣得可憐，最鬱悶的是，還沒有施展的方法。

兩個人頭怪物用細細的爪子牢牢的將白背心大叔拽住，無論大叔怎麼掙扎，都掙脫不了。大叔不停的慘叫著，大罵道：「小李、小王，你們死得慘，但都不是我造成的啊，你們陰魂不散，也不該來找我。我這輩子壞事幹了不少，可對你們兩小子不差。把你們從那麼窮的村子裡帶出來，你們就這樣報答我！」

被稱為小李小王的兩隻怪物，哪裡還有原本的記憶和意識。它們啃噬得更起勁了，不斷朝白背心大叔的脖子移動，一路咬過去，咬得鮮血淋淋。從大叔身上流淌下來的血混在巷子中的汙水裡，熏得人頭暈。

情況危急，顧不了那麼多了。夜諾拚著最後一點暗能量，猛地向前一衝。手對著大叔身上的兩隻怪物一劃，手鏈上剩餘的翠綠能量蜂擁而出。一道綠光乍現，瞬息即逝。

綠色能量本就是暗物質生物的剋星，兩個人頭怪物一碰之下，就渾身僵硬。夜諾趁機將怪物扯下來往前一扔，拽著白背心大叔向後猛退了好幾步後，體內暗能量在虛空劃了一道，畫出了個脆弱的結界。

一道無形的能量牆，出現在夜諾和兩隻人頭怪之間。翠綠能量太微弱了，人頭怪只受了點無關痛癢的小傷，緩過來後便嘶吼著向前衝，好死不死，一頭撞在結界牆上。

脆弱的結界牆在夜諾的眼裡劇烈的蕩漾著，還好，暫時沒破。

「走。」夜諾拽著大叔朝巷子深處逃去。大叔的肚子和背部被啃咬得坑坑窪窪，內臟順著血水都快要流了出來，他一手捂住肚子，一邊瘋了似的逃。

逃著逃著，就沒了動靜。

「死了？」夜諾停下腳步，看一眼身後倒地不起的大叔，摸摸他的脈搏。怪了，脈動亂七八糟的，與其說在跳，不如說白背心大叔的身體裡有什麼東西在湧動，那股湧動彷彿是無數的小蟲子在竄，一直朝大叔的脖子上匯集。

「什麼情況！」夜諾有些懵。今晚，實在是太怪了。

「呼呼，癢，好癢。」彷彿已經死掉的大叔突然睜開眼，他的眼睛裡血紅一片，根本看不到眼白，甚至眼珠子上，還有一些黑點在爬來爬去，噁心得要命。

他用僵硬的手用力的撓脖子，撓得鮮血淋淋。

在這詭異的情況中，夜諾向後退了好幾步，警惕的看著白背心。這傢伙，明顯越來越不對勁了。

「喋喋。癢死了，癢。」

接下來的一幕，讓夜諾很難接受。他感覺自己的人生觀價值觀和生物常識，又一次的被顛覆了。

白背心顯然癢得受不了，竟然用手將自己的腦袋從脖子上扯下來，脫離人類身軀的腦袋並沒有死亡，眼珠子裡凶光乍現，一眨不眨的狠狠盯著夜諾看個不停。

「喋喋。」白背心的腦袋下方，許多條神經組織在硬化，赫然變成幾條尖銳的細腿，這六條細腿嘗試著移動了一下，接著就迫不及待的朝夜諾撲過來。

「結界術。」夜諾從季筱彤身上偷學到的結界很實用，他壓榨著自己體內所剩無幾的暗能量，好不容易才在人頭怪撲來的位置形成了一道無形能量牆。

能量牆險之又險的將人頭怪給擋住，彈了回去。

他一步也不敢留，拔腿就往相反的方向逃跑。白背心一邊叫一邊追，跑著跑著，夜諾越來越感覺不太對。身後喋喋的怪物叫聲，似乎越來越多了。

他抽空回頭看一眼，臉色頓時就慘白起來。

追在他身後的不止一隻怪物，白背心和它的兩個弟兄，甚至不久前在小旅館六樓上和自己押注的傢伙們，都變成人頭怪物，不知什麼時候開始追在自己背後。

巷子的盡頭是一條死路。他非常鬱悶，不清楚自己還能夠逃得了多久。

「各位哥們，我不過就是贏了你們千把塊錢嘛，用得了這麼記恨我啊，你們人品果然不咋滴。」夜諾吐槽道，他用盡吃奶的力氣，腦子仍舊在飛速運轉。

可還沒等他想出逃出生天的方法，小巷的盡頭，已經到了。

前方一扇高達五公尺的牆壁將小巷子堵死，再也無路可逃。

07 詭異的房子

「你妹的。哇哈哈哈哈，哥還是逃掉了！哥果然是全世界最幸運最帥氣最聰明的男紙。」夜諾躲在一個黑漆漆的地方，自戀道：「可惜，我都這麼優秀了，怎麼還是單身狗一隻咧，這簡直不科學。」

不遠處的巷子裡，一隻長著大嬸臉的人頭怪窸窸窣窣的爬了過去。

要說夜諾怎麼逃掉的，這個就有些說來話長了。如果非要濃縮成幾個字的話，就是這傢伙把暗能量輸入百變軟泥中，將百變軟泥變成一個大錘子。

掄了幾下，將對面人家戶的牆錘出了一個大洞迅速躲進去後，又用百變軟泥變成牆壁堵住缺口。之後他屏住呼吸，耗盡手鏈裡的能量隔絕自己的生人氣息。

人頭怪果不其然，沒有能力發現夜諾，大量的人頭怪走來走去，最終消失在巷子裡。

「呼，應該沒問題了吧。」夜諾長長的鬆了一口氣。

這家人屋子裡黑漆漆的，沒有一絲動靜，空氣裡甚至還飄蕩著淡淡的黴味，應該是長期沒有人居住。

夜諾沒有急著行動，他盤腿坐下。身體裡的暗能量已經油盡燈枯，手鏈裡的翠綠能量也用了個乾乾淨淨。

今夜還很長，會發生什麼，誰也不知道。他急需要復原點力量。

盤腿坐好，他默默的將初級暗能量修煉術練習了一遍。這個功法很神奇，也許對別人來說很難，但是對夜諾而言，確實很簡單。功法中有大量很讓人頭大的名詞解釋，而且有些地方還特別反人類。

不過在夜諾的智商面前，這都不叫事兒。他在第一次讀完這部書的同時，就在大腦裡把功法分解為了三十八個步驟，成功的解決所有難點。也許暗物博物館歷代的管理員當中，最輕鬆，最我行我素的人，也就只有他了。

作為管家的血手，本應該也是作為管理員最初的引導人以及導師般的存在。但夜諾不按常理出牌的手段層出不窮，直接把血手給弄怕了，倒也落得個閒，你夜諾不是牛逼哄哄的嘛，那我啥都不告訴你，等你自己摸索去。

血手全然不知道，讓夜諾自行摸索的結果，會造成怎樣的後果。例如暗能量修煉術初級階段，行功應該盡量穩當，慢，穩紮穩打，這樣才能打好基礎。但夜諾不在乎啊，他管他三七二十一，怎麼偷懶怎麼來。

人家行功一圈要半個時辰，大約一個小時。他倒好，為了盡快恢復力量。暗能量在身體裡猶如洪水奔波，摧枯拉朽，只十分鐘就來上一圈。他身旁的風呼呼刮著，空氣裡游離的暗能量，不斷的通過皮膚進入身體，在經脈中分解後，成為屬於自己的力量。

很快，他體內的容納量就填滿了。

但是夜諾並沒有停下，他右手抓著手鏈，將開竅珠中剩餘的能量朝著手鏈中的玉珠子引導，手鏈中的翠綠能量是變異了的暗能量，等級比夜諾體內沒有經過錘煉的暗能量高。

一個小時過後，夜諾停止修煉。他喃喃道：「我身體內的能量密度不高，可以容納的暗能量也不高，但是容納量應該是能隨著修煉而增加的。現在自己體內的能量太渣了，以唯一能使用的結界術來說，最多只能大範圍的使用三次，小範圍的使用六次。不能再多了。」

低頭看一眼手鏈，三顆暗淡的珠子，只有第一顆充進去一丁點翠綠能量。

夜諾嘆了口氣。

開竅珠中的能量應該還有很多，畢竟他殺了些暗物質怪物，有些收穫，只不過現在沒回到博物館，不能直觀的查看罷了。

「沒想到給珠子充能比想像中更難。如同給沒有閥門的輪胎打氣似的，傳輸進去的能量多，卻有大量能量被大氣壓給壓了出來，真正轉化的能量少之又少，勉強能擦幾下眼睛。」夜諾撇撇嘴。

自己給珠子充能，是個力氣活。

用珠子擦眼睛，讓翠綠能量進入雙眼，能讓他看到常人看不到的東西，這似乎和火車上的那小妞口裡有意無意提到過的開天眼的法術很類似。

「他們絕對是什麼能夠系統學習暗能量運用法的組織。」夜諾盤算著，有機會一定要蹭在那小妞身旁，偷學幾招保命。

鬼知道在暗物博物館中，什麼時候才能學得到攻擊法門。就算有，也不知道是哪扇門中。現在他一手摸瞎，啥都不會，只能靠偷學了。

「還有那些人頭怪，明明前一刻還是人，後一刻就變成怪物。我也沒看出有什麼怪能量入侵了它們的身體。到底它們是怎麼從人變成怪物的？而且那怪物，還只操控人頭，這太不符合能量守恆定律了。」

夜諾皺眉，他總覺得這些怪物很古怪。

人體組織的每一部分都有它存在的合理性，除了大腦外，其餘的皮膚、指甲，甚至線條曲線都是為了減少能量損耗而逐漸在歲月長河中進化而來的。怪物捨棄了人類除頭顱外的一切來寄生，甚至專門浪費能量，利用硬化神經線和血管來變出六條腿。

這很不自然。除非，那些怪物之所以會這麼變化，有某種必然的因素。

「先逃遠一點吧，今晚還有得熬。」夜諾剛一站起身，就感覺後背發涼。不對勁兒，這個屋子裡，似乎遠遠不只他，一個人！

靜寂無聲中，分明，還有別人的呼吸。

又或許，那根本就不是呼吸聲！

至少，不是人類的呼吸聲。

「見鬼了，不是這麼邪門吧。咱隨便找了個小旅館住下，錢交了，本都還沒睡回來，咋就這麼多麻煩啊！」夜諾覺得自己出門一定是忘了看黃曆。

今夜，實在是太長太長了。

周圍漆黑，無法視物，但是他偏偏不敢開燈，怕看到小心肝承受不了的東西。可這麼下去也不是辦法。

「我剛剛坐地上一個多小時，高集中度的修煉，屋裡也沒什麼東西攻擊我。難不成，是我感覺錯了？」夜諾思忖了片刻，還是決定不冒險。

他用玉珠擦了下眼皮，一絲翠綠入眼後，屋裡頓然清晰了些。翠綠能量可以看到暗能量的具象化實體，在黑暗中視物，倒也算其中的一種副作用。畢竟暗能量暗物質，在地球上無處不在。

開天眼後，夜諾終於看清楚屋子中的環境。

這是個破破爛爛的房間，大約是從前的主人當作廚房用的。貧民窟的房子全都建築於上世紀八〇年代，距今已經有四、五十年歷史了，由於沒怎麼修繕，到處都是破洞，更不要說，這廚房做飯的地方還是最早期的灶台，沒天然氣，只能燒煤和燒柴。

沒費功夫，夜諾就已經找到了呼吸聲傳來的方向。

赫然就是在黑漆漆的灶台裡邊。

這特麼怎麼回事？夜諾感覺自己寒毛都豎起來。

南方的灶台通常都在側面有個豎著的長方形孔洞，用來燒柴的時候放柴火用，口子不大，直徑二十公分，高四十公分，連六歲的小孩子也不可能鑽進去，可那呼吸聲，怎麼就持續不斷的從灶台口中竄出來呢？

簡直太令人毛骨悚然了。

夜諾將結界術緊拽在手中，處於隨時可以施展的狀態，麻著膽子，將腦袋朝灶台口靠過去，想要看清楚灶台中發出聲音的到底是個啥東西。

陰冷的夜，冷風不斷的從屋子外的各個縫隙灌進來，冷得人背脊發涼。再加上那詭異的呼吸聲，現在的破廚房，竟生生變成森然的鬼域。

等夜諾的視線和灶台口平齊，被終年燒灼，燒得墨黑的景象終於映入他的眼簾——灶台內的空間不小，裡邊竟然塞滿屍體。有貓的、有狗的，甚至夜諾還看到了全身骨頭被絞斷，屍體軟答答的糾纏在一起的一家三口。

夜諾嚇了一跳，猛地先後退幾步。

「怪了，看樣子這一家子人，連帶一貓一狗兩隻寵物，都被塞進了灶內。誰這麼殘忍變態！」夜諾納悶。

「嘻嘻，不是別人，是我自己把我們塞進來的。」突然一個聲音，陰惻惻的從灶台中傳出來。

夜諾嚇得不輕，警惕的背靠牆壁，眼睛一眨不眨的看向灶台口。一滴冷汗冒了出來，屋裡明明沒有活人，怎麼猛然間就有人開口說話了。

誰在說話？

「嘻嘻，大哥哥，你也一起進來玩吧。」那個說話的女聲年紀不大，大約十來歲罷了，像極了灶台中那具年幼女兒的屍體中發出來的。

說話間，灶台內扭曲的屍體一陣蠕動，不多時竟然從裡邊擠出了一個人腦袋來。這人腦袋沒有腿，眼睛也算正常，但脖子後邊卻沒有身體，竟然拖曳著長長的，蛇一般的軀體。

她將腦袋昂起來，修長的身軀掙扎著拖出灶台口。這果然是個十來歲的小女孩，眉清目秀，臉上帶著的血跡讓她看起來很詭異。

女孩伸出蛞蝓似的舌頭，將嘴邊上的血跡舔乾淨，對著夜諾甜甜的笑：「大哥哥，裡邊可好玩了。不用做作業，沒有痛苦，也不會再有人欺負我。你看，我把爸爸媽媽都塞了進去。你也一起進來吧。」

「謝邀！但裡邊太擠了，最近我吃了太多垃圾食品有些虛胖。怕是擠不進去。你們一家三口還是在裡邊歲月靜好吧。」夜諾乾笑了兩聲，退得更遠了。

「擠得進去，擠得進去。只要我把你全身的骨頭勒斷了，大哥哥，你就進得來。」如蛇般的小女孩很熱情的想要請夜諾進去作客，她不光熱情，還很有行動力，一邊說話，一邊用長長的身體猛撲過來，想要將夜諾死死勒住。

夜諾眼見著這變成怪物的小女孩出了灶台後在空中飛快的扭動，蛇似的看得人眼花繚亂。他沒敢怠慢，右手一劃，一道白光閃過，無形的結界術阻擋在跟前。

蛇頭女孩撞在結界術上，腦袋有點暈之後就怒了，自己好心好意邀請眼前的大哥哥進來作客，大哥哥非但不領情，還傷害了自己。他和欺負自己的人一樣壞，都是壞人。壞人就應該被自己吞掉，剝掉皮，拽掉腦袋，像爛肉似的丟進灶台裡。

長頭怪物淒厲的吼叫著，那叫聲完全已經脫離人類的聲帶能夠發出的範疇。它的身體不斷地從灶台內部擠出，實在不知道到底有多長。小小的廚房空間，很快就被它的身軀佔據得水泄不通。

夜諾被逼進牆邊的一塊小角落中，靠著單薄的結界術苦力支撐，岌岌可危。

「我倒要看看你的脖子還能拉多長。」夜諾眼看結界術要被擊破，一咬牙，左手捏住百變軟泥。暗能量輸入軟泥中，拳頭大的軟泥膨脹起來，頓時變成一把鋒利的大砍刀。

說時遲那時快，結界術砰然破掉。

他不會功夫，在結界術碎掉的瞬間，他就把手中的刀瞎揮舞。百變軟泥內因為是暗物質煉製而成，哪怕變化出來的東西，依然包含著暗能量。所以這把刀和普通的刀不同，能夠對暗物質怪物產生擊退作用。

怪物又長又白的脖子纏繞過來，夜諾一陣亂砍，瞎貓碰到死耗子，竟然把其中一段砍得稀爛。

「耶，這運氣這手感。」夜諾眼前一亮，再接再厲，生生在脖子叢林中砍出了一道缺口，迅速從缺口一躍而出，拉開門，逃到了客廳。

老房子很小，哪怕是客廳也不大。一組破舊的老沙發，就佔據了絕大部分空間。沙發對面是體積龐大的映像管電視和電視櫃。電視櫃和沙發之間，只留有一條細細的走廊。

夜諾的眼中，這黑暗的客廳，也不善良。

客廳，赫然是個絞肉場，橫七豎八的躺著大量的屍體。這些屍體有老有少，貌似是好幾個家庭，全都被一鍋端了。屍體橫七豎八的橫在地上，沙發上。無一例外的是，都沒有腦袋。

所有屍體的腦袋，都失蹤了。

「怪不得小旅館裡突然會冒出那麼多人頭怪，敢情製造人頭怪的工廠就在這屋子啊。」夜諾苦笑。

自己千辛萬苦從小旅館逃出來，沒想到一頭竟然闖進了怪物窩。這運氣也太衰了。

河城到底怎麼了？為什麼多出了那麼多的怪物？人到底怎麼被變成非人的存在的？難不成都和自己第二扇門的任務有關？

冥冥中，一定有一隻看不見的手在操控著。那隻手，絕逼是在列車上襲擊他和那小妞一夥的大怪物。

必須要早點將大怪物的真身找到，把任務完成，否則還不清楚到底有多少無辜的河城人會死於非命。最重要的是，放任越來越多的無辜者變怪物，讓怪物不斷呈指數級的蔓延開來，完成任務的難度，將會變得越來越艱難。

夜諾提著腳尖，在屍體的縫隙中前行。他走得很慢，不敢碰屍體，怕踩到了不該踩的東西後，會發生預料之外的厄事。

沒多久，身後客廳和廚房共用的那面牆壁就發出刺耳的摩擦聲。那聲音猶如一種警告，在告訴夜諾，廚房中的長脖子怪就要衝出來了。

果不其然，廚房的牆根本經不起折騰，被那清秀臉的怪物給撞破。

「大哥哥，你要去哪兒啊。留在這裡吧，這裡可好玩了。你不會再有痛苦，只要你留下來，你就再也不想離開。」長脖子怪物嗤嗤笑著，十多歲的女孩容顏上，流露出扭曲的表情。

它又白又粗的脖子很快就糾纏了過來，一張嘴，上下顎骨頓時錯開，露出一排排交錯的犬齒，在黑暗中，這牙齒彷彿剔骨尖刀，朝夜諾一口咬來。

「我要是真留下，確實是沒痛苦了，死人哪裡還有痛苦。」夜諾冷笑。

這一屋子的死人，恐怕都是異變後的小女孩殺掉的。不需要仔細想，夜諾也能猜出個八九不離十了。也許是小女孩因為某種原因，感到人生絕望，人在絕望中，就會被黑暗的力量吸引。

潛伏在河城的那股陰暗力量令她變異，變異後的她將所有痛恨的人全都騙過來，殘忍的殺掉。那些人的屍體，也成了新的人頭怪物。

還好那些人頭怪物全都趁著黑暗去獵食了，只有長脖子怪在家。否則，夜諾早就完蛋了，但是現在，狀況沒好到哪裡去。

危急時刻，面對那森白的牙齒啃咬過來。夜諾倒是沒怕，只是冷冷的笑笑：「喂，你的東西掉了。」

但是這句話並沒有讓長脖子怪物遲疑。直到有什麼東西整個落下來，重重的壓在怪物身上。

夜諾在重物壓頂的一瞬間，立刻就趴下去，就地一滾，滾到了腦袋計算好的位置。只有這裡是安全的。

整個老屋子的房頂全都塌了。轟隆隆的巨響，吵醒了附近鄰居的美夢。大量的煙塵揚起，遮蔽視線。夜諾在煙塵中咳嗽幾下，吐槽道：「脖子長得長，也不是個好事。你看，被壓住了吧？」

「說實話，還真險。這根梁比想像中更加難弄斷，再晚一點，就難說了。」夜諾從房子的廢墟中站起來，看向周圍。

就在剛剛，他在長脖子怪物撲來的瞬間，將軟泥變成一把鋼線鋸，其中一段卡入了怪物身上，之後向上一扔，將鋼線鋸搭在房屋的主梁上。接著怪物衝擊的力量，讓足足有幾十年歷史，風吹雨淋蟲蛀，早就朽爛不堪的房梁受到了致命一擊，再也承受不了房頂的重量塌下來。

房頂的結構之下，長脖子怪物正在扭曲的如蛇般掙扎著，不停的掙扎，腦袋抬起，憤怒的盯向夜諾。

夜諾一點憐香惜玉的情緒都沒有，用百變軟泥變出一把劍，深深的刺入了長脖子怪的眼眶中。體內能量通過長劍在怪物的腦子裡爆炸，這怪物右邊眼珠子猛地鼓起來，之後一陣抽搐，沒動靜了。

「死了？」夜諾皺皺眉頭。他猶豫一陣子，感覺怪物是真的死徹底了，這才往前走。來到怪物身旁，用鋒利的長劍將怪物又粗又長的脖子割開，想要看看裡邊到底是啥結構。

對這些暗物質生物，夜諾早就好奇死了，現在剛好安全了，正好可以研究研究。

沒想到一將怪物的脖子割開，他就大吃一驚，差點被嚇到。

怪物的脖子裡縱橫交錯著非常密實的肌肉，肌肉層和蛇類似，但不同的是，蛇的肌肉是自己長出來的，但長脖子怪的肌肉明顯不是。

這些肌肉組織，來自於別人，有人類的手部，還有人類的腳部，甚至還有臀部。看得夜諾一陣噁心。這些不同人的人體組織，被一層變異的暗物質基質層包裹，形成了具有聯動作用的長脖子機動體。

「大量的暗物質在怪物的操縱下，能夠產生變異效果，這還真恐怖。」夜諾用劍解剖了好幾層肌理，大大滿足了好奇心：「下次逮一隻人頭怪解剖解剖，說不定能發現別的線索。」

這傢伙惡趣味的在剖開的長脖子怪旁邊擺了個「耶」的剪刀手姿勢，自拍了一張，思忖著要不要發朋友圈，嚇唬一下朋友。最後還是作罷了。既然這個世界有專門從屬於小妞的驅怪組織，說不定發類似的朋友圈，也會被有關部門盯上。

畢竟，他作為正常人的二十年來，可從來沒有見到過類似的怪新聞怪事情，這就足以表明，其實早就有一股龐大的勢力在左右著新聞媒體隱瞞這些。

「越來越有趣了。」夜諾摸摸下巴，離開被自己搞成廢墟的房子。遠處傳來警笛聲，大概是鄰居已經報警了。

此地不宜久留，免得和警方解釋不清楚。

雙腳抹油溜掉的夜諾，在附近一座小公園的長椅上待了一晚。經歷被蚊子咬，被耗子窺視，被濕答答的雨淋了一腦袋的苦悶後，終於迎來東邊天際的一抹亮。
河城漫長的第一夜，終於結束了！

08 不要點頭

夜諾在公園的衛生間簡單洗漱了一下，身上濕答答的，可惜唯一的那一箱行李在小旅社丟失了。暫時他也沒想去拿。倒不是怕裡邊還留有怪物，而是小旅社死了那麼多人，想來警方正在調查咧，自己去萬一一頭撞上，又是件麻煩事。

完成第二扇門任務的期限只有十天。前天是第一天，昨天在路上耽擱了一整天。還剩七天時間。如果完成不了任務，他哪怕智商高到天際，想來小命也是不保的。

經歷了那漫長的一夜後，夜諾深深明白了第二件任務的難度。至今，他都一頭抓瞎，沒有任何目標的線索和蹤跡。

更不知道，需要獻給第二扇門的東西到底是什麼，會不會真的就隱藏在河城的那隻大怪物手中。再說，大怪物手裡有第二扇門需要的東西，也純屬他的猜測。

「麻煩啊。算了，車到山前必有路。」夜諾咬著一根草莖，吊兒郎當摸了一把兜裡的錢，昨天賭贏了一千多塊，包包裡肥得很。

他就近找了一家早餐店，要了一籠小肉包，一碗豆漿。

之後，看著一臉飽經滄桑的早餐店老闆，夜諾像是不經意的問：「老闆，最近你們這附近有沒有發生過啥怪事？」

他的想法很符合邏輯，小旅社離這裡不遠，長脖子怪的巢穴也和這裡只隔了直線距離三百多公尺，這家早餐店不可能不被影響。

果不其然，早餐店老闆臉上流露出一絲困惑：「說起來，最近來我家吃早飯買早點的老鄰居們，似乎少了許多。」

有門！夜諾暗叫一聲，頓時精神來了。

「我看這附近有一個車站，位置也不偏僻。人流應該不少吧，或許是你的老鄰居跑別的早餐店去了。」他嘿嘿笑道。

早餐店老闆的小鬍子立刻就氣得吹起來：「怎麼可能。我的味道是別家的早餐店做得出來的？老鄰居吃了我多少年早飯了，從來沒有挪過地方。我這家店靠的是回頭客，老主顧，外地散客的生意毛毛雨哪。」

老闆用一臉小子你太嫩了的表情看他。

夜諾繼續激將道：「要不就是你最近的味道變差了，弄得老主顧跑了。」

老闆瞪著他，心想奶奶的，這小子該不會是哪個同行跑來故意準備氣死他，好繼承自己鋪面的吧。

「老子味道哪裡差了？包子用料十足，就算最近豬肉價格漲了兩倍，我也沒漲價，更沒有少過料。你看看我的包子，裡邊的餡多新鮮。豆漿都是全手磨的，我每天凌晨一點就起床準備，幾十年了，從來沒有睡過懶覺。」老闆怒道。

「嘿嘿，老闆，別生氣。我只是隨口一說嘛。如果不是你的原因，那為什麼你鄰居都不來了？」夜諾討好的笑著。這老闆可是性情中人，不能惹急了。

老闆撓撓頭，搖頭：「不知道啊。說起來，我大前天好像隱隱約約見到過那些沒來吃早飯的老鄰居們，似乎在做一些怪事。哎，到現在我也不能確定是不是在做夢。畢竟早點店這行太累了，經常睡眠不足。萬一我在當時意識模糊了，把做夢當作真的了呢。」

夜諾眼前一亮：「老闆老闆，說來聽聽。」

他一起鬨讓老闆說說看。周圍零零散散的食客也精神起來，紛紛側著耳朵，饒有興致，大早上的能聽點怪談，也算是一天的好開端。

店老闆不矯情，一邊顛著手裡煮麵的勺子，一邊講起來。

這老闆為什麼覺得自己在做夢，確實是有原因的。畢竟事情發生在凌晨兩點五十五分左右，無論在哪個城市，這個時間段都是最陰冷、最可怖的。不過有些行當，卻必須要在這個時間段來奔忙。

例如批發市場。

食物批發市場凌晨兩點鐘開早市，三點鐘收攤。說幹早餐店辛苦，那是真辛苦。老闆平日裡都是下午收攤，吃了晚飯後，六點左右睡覺，一覺睡到一點過。之後起床洗漱，簡單吃些東西，然後開著小貨車到批發市場挑選一整天的食材。

因為非洲豬瘟的影響，今天的豬肉又漲了些，而且肥瘦不得當。挑挑揀揀也就只找到幾塊合格的豬肉，買了別的材料後，老闆將食材拖回店裡。

今天挑豬肉花了不少時間，所以他比平常晚到店裡。剛拉開捲簾門，卸貨後，突然就聽到了附近傳來一陣古怪的聲音。

那是拐杖，一瘸一拐發出的怪響。

聲音由遠至近，很快，就來到老闆的店門口。老闆有些詫異，剛準備轉頭，就聽到自家的捲簾門被敲了幾下。

午夜的風吹過，那敲門的聲音不算小，卻顯得陰森無比且急促。

老闆不由得打了個冷噤，下意識的問：「誰啊，現在才不到三點。我六點鐘才開門。」

「小李，小李。我是王嬸兒啊。」門外的人回答道。

「王嬸？」老闆愣了愣。這聲音，確實是王嬸的。自己家的早餐店開有二十多年了，王嬸基本上隔三差五的都會來店裡買早飯。而且她走路不穩，經常拄著一根拐杖，原來自己聽到的拐杖聲是王嬸的。

可王嬸平時走路很慢，怎麼今天快那麼多？她一個八十多歲的老太太，能走那麼快嗎？但是這個細節，老闆沒細想。

「是啊，小李。王嬸來求求你一件事。」王嬸隔著捲簾門說。

「什麼事啊，王嬸？」

「小李，我兒子餓了。可是這附近只有你家的店最早開門，你幫他弄點吃的，行不行？」王嬸說。

「這個，可我還沒開門啊。」老闆有些為難。

「沒關係的，隨便弄點啥都好。我兒子嘴不刁。家裡食物少，我兒子把我冰箱裡存了幾年的老臘肉都吃乾淨了，米也煮來吃光了，可他還是餓。」王嬸乞求道：「我實在沒辦法了。你行行好，小李。嬸兒有錢，你讓我兒子隨便吃，就當是給嬸兒幫大忙了。」

說實話，幾十年來，王嬸兒他經常見到，但是王嬸的兒子，老闆從來沒看過。據說那小夥子年輕的時候受到了啥挫折，最後躲在家裡大門不出二門不邁，避世。

誰家也不容易啊。老闆嘆了口氣，被王嬸的哀求打動了，拉開捲簾門讓王嬸進來。捲簾門一扯開，一股怪異的味道就迎面傳來。

不寬的街道上，所有的店鋪都關著。路兩側的街燈昏暗無比，根本看不清楚路。唯有早餐店的燈光，將四周的黑暗生生割開，猶如大海中的一葉孤舟。

門口果然站著兩個人。拄著拐杖的王嬸斜著身子，她旁邊靠著一個歪歪扭扭的中年男性。男子穿著棉襖，戴著帽子，看不清楚臉。

這應該就是王嬸的兒子了。

「謝謝你了，小李。我把兒子放這裡坐著。」八十多歲的王嬸將沒啥力氣的中年男子扶到最靠近門的座椅前，伺候著坐下，抹了一把腦袋上的汗。

她顫顫巍巍的在兜裡掏了一個布包，這是一條手帕，裡邊包著一疊錢，大概有幾百塊。

「小李，我兒子想要吃啥，就麻煩你給他做。我家裡還有些事要處理，我先回去了，等一下再來接他。」王嬸把錢放在桌子上。

老闆連忙罷手：「要不得要不得，我隨便給他煮碗麵，舉手之勞而已。我看他也吃不了啥東西。」

他心想，一個力氣都沒有的中年人，再說也在家裡墊過底了，能吃多少？

王嬸咧嘴一笑，怎麼看怎麼怪，堅持把錢放下，這才一畏一顫的拄著拐杖走出去。快到門口的時候，王嬸突然像是想起了什麼，猛地轉頭叮囑了一句：「小李，我兒子要吃啥，你都給他做。」

「知道知道，我開早餐店的，吃的東西多得很，餓不著你兒子。」

「那就好，那就好。」王嬸還是不放心：「還有一件事，小李，你千萬要記住。叫我兒子幹啥都好，就是千萬不要讓他點頭。」

「啊，為啥？」老闆下意識的問了一句。

「他脖子扭傷了，不得點頭，不得點頭。」王嬸深深的看了自己兒子一眼，千叮萬囑的說：「絕對，不能讓他點頭。」

說著說著，戀戀不捨的離開。當她瘦小、步履蹣跚的身體消失在黑暗中後。整條僻靜的街道，就只剩下他和王嬸兒子兩人。

陰風吹進來，吹得他打了好幾個冷擺子。老闆連忙將捲簾門拉下來，朝王嬸兒子看過去。

「兄弟，你叫啥，這麼多年了，我還是第一次見到你。準備吃點啥？」老闆搓了搓手，看著桌子上的錢，默默的將其收起來。心想如果這小子吃得不多，大家街坊鄰居的，就不收錢了。改明兒個將錢原封不動的還回去。

「我叫趙坤。」將臉埋在衣領和帽子裡的中年人開口道：「老闆，先吃兩籠包子。」

「好咧，兩籠小包子？我家的小包子用料足，你不一定吃得完哈。」老闆好心回道。就算是一百八十公分的壯漢，吃兩籠小包子也差不多了。

沒想到趙坤卻嚥了嚥口水：「要大的。」

「啥？」他聲音細細的像是蚊子飛，老闆沒聽清。

趙坤探出手，指了指桌子上已經包好了，準備四點過再上鍋的大蒸籠。老闆愣了愣：「兄弟，你沒跟我開玩笑？」

這蒸籠直徑足足一尺二，成人環抱也才堪堪抱起。一口蒸籠，大概能蒸出個五十個大肉包。算下來，兩口蒸鍋，三十多斤的包子，不要說他這麼乾瘦的人，就算是五個經常幹體力活的男子，沒有一個小時也是吃不下的。

「我媽給過錢了，我就要吃兩籠大包子。」趙坤慢吞吞的說：「老闆，我餓了，你這包子一時半會兒蒸不好，先給我煮一大鍋麵吧。」

還真是奇了怪了。老闆仔細一躊躇，也對，人家給過錢了，無論如何這也是生意，吃不吃得完，人家說了算。他當即將兩個大蒸鍋放在鍋上蒸包子。然後用邊上的鍋煮了半斤寬麵，心想這應該夠了。

麵沒多久便好了，淋了香噴噴的肉臊子，端到趙坤面前。趙坤從竹筒裡抽出一雙筷子，慢吞吞的吃起來。

老闆突然感覺，這趙坤吃麵的樣子很怪，怎麼看怎麼讓人不舒服，偷偷看了好幾下，老闆終於明白不舒服的感覺從哪裡來了。

一般人吃麵要低頭，可趙坤不。他用屁股將凳子頂開，半蹲下身體，讓嘴和麵碗在同一條線上，之後也不管燙不燙，拚命將麵朝口中撈。這傢伙，是真的餓極了。

店老闆為了省錢，燈開得不亮。微暗的燈光下，他老是覺著趙坤張開的嘴中猶如黑洞般漆黑一片，牙齒舌頭全是黑的。

幻覺，還是看錯了？

老闆揉了揉眼睛，然後又猛地瞪大了。眨眼的工夫，趙坤竟然將半斤麵吃得乾乾淨淨，連湯水都喝完了，明明他姿勢彆扭得很。

趙坤重新坐好，腰桿筆挺。這模樣早餐店老闆越看越像是自己小時候流鼻血時，頭仰著免得鼻血流下來的樣子。

「王嬸讓我不要叫她兒子點頭，莫不是這人的頭真的受傷了？」老闆尋思著。

吃完麵的趙坤還是叫餓，老闆給了他一點小菜。但是小菜根本不頂用，趙坤餓得呻吟，胃裡不斷的傳來咕嚕嚕響。那聲音，活像是地獄中跑出來的餓死鬼在喘氣。

好不容易折騰半個小時，兩籠大肉包終於蒸好了。老闆鬆口氣，再這樣下去，自己今天就沒辦法開門了。能吃的小菜全都被趙坤給吃了個乾淨，食物都沒了，還開個屁店。

「來，你的兩籠包子。」老闆把包子夾了一大盤給他。

「不夠不夠，全拿過來。蒸籠一起拿過來。」趙坤一邊用手拿包子，一邊吼道。他也不怕燙，剛蒸好的包子表面溫度甚高，他抓起來就朝嘴裡塞。

一口就是一個包子，不咀嚼，直接吞下去。看得店老闆眼睛都直了。開幾十年早餐店，他還是第一次看別人吃得這麼豪邁。一般看人大口大口吞東西，都會產生愉悅感，所以最近幾年吃播流行；但是看趙坤吃東西，那餓死鬼樣貌，難看的吃相，只會讓老闆後背發涼。

趙坤雙手抓著蒸籠，生怕別人跟自己搶食物。不斷的吃吃吃，完全沒停過。三十多斤包子，加上剛剛吃的半斤麵以及十來斤小菜。老闆看著他的小身板，完全搞不懂，那些抵得上他體重三分之一的食物，都去哪兒了。

要說是體質原因，這人的肚子也沒有凸起來啊！

老闆突然覺得有些害怕。大晚上的，離天亮還早。自己不會是真的碰到了個餓死鬼吧？

「不夠不夠，老闆，還有沒有吃的？」趙坤看著空空的兩個蒸籠，被遮住的面孔下，看不出任何表情。

但老闆就是怕得不行：「沒了沒了，都給你吃了，我還要不要做生意。你趕緊回家吧。」

「我媽給了錢，就吃了你這點。那邊不是還有包子嗎，全都給我蒸了吧。」趙坤咂巴著舌頭，站起來。

老闆嚇得向後猛退了幾步：「這些都是我留著開門做生意的。」

「賣給我也是做生意啊，我就不是客人了？」趙坤向他逼近過來：「你不做給我吃，我就自己吃。」

店老闆一個四十多歲的老大爺們，都快嚇哭了：「大爺，我算怕了你了。我錢退給你，你回去吧。」

「我不要錢。咯咯，我吃多少算多少，我媽都給你錢了。」趙坤走到灶台前，看著沒有加工完，生的豬肉餡，探手就抓了一把，朝嘴裡塞。

一大鍋生餡料吃光後，又吃了發酵好的生麵，終於他將百多斤的食材吞下肚子後，臉朝店老闆緩緩轉了過去。

店老闆早就被嚇得躲在一旁，一聲不哼。

「老闆，還有沒有吃的？」趙坤問。

「沒了，真的沒了。就連鹽巴你都給我吃了，我店裡除了我這把老骨頭，還能剩啥。」說完，店老闆就直想搧自己兩耳光。特麼說什麼不好，說自己是老骨頭。骨頭對饑餓的人而言，誰知道有沒有吸引力。

自己這張臭嘴啊，咋就不改改。

果然，趙坤一聽到老骨頭三個字。若有所思的一直盯著店老闆看。

店老闆只感到毛骨悚然，他一再向後縮。燈光下，還是看不清趙坤的臉。但是趙坤突然舔舔嘴唇，一瞬間，他看到了趙坤的舌頭。

不是幻覺，趙坤的舌頭蛞蝓似的又粗又濕答答的，而且漆黑無比，彷彿塗了一層墨水。人類的舌頭，絕對不可能長這模樣。

眼前的趙坤，難不成真的是從地獄爬出來的餓死鬼！

店老闆感覺自己快要瘋了！這到底怎麼回事，他一輩子雖然不算是好人，但也不壞啊。勤勤懇懇的當了幾十年早餐店老闆，從來沒有坑過人，用的也全是真材實料。不該被餓死鬼找上門才對。

到底哪裡有問題！

「餓餓餓餓，好餓。」隱藏在帽子下的趙坤，雙眼發光。他倒是沒別的反應，反而坐回了凳子上，一個勁兒的叫餓。

老闆拍拍心口，稍微安心了些。這趙坤雖然有點瘆人，行為也古怪，可並沒有攻擊人的跡象。他到後廚又拿了些存貨來，趙坤吃完後，似乎終於吃飽了。安安靜靜的坐著，沒有任何反應。

像是死了似的。

今天的店，肯定是開不成了。趙坤前前後後吃了自己幾千塊錢，王嬸給的那一點根本不夠。店老闆尋思著自己一定要找王嬸再要點。

總之也沒事可做，閒得無聊的店老闆刷了下手機，不時用眼睛偷瞟趙坤幾眼。這個怪人保持著不動的姿勢許久許久，深深隱藏在衣帽下的身軀，讓老闆看不清趙坤的面貌。但老闆總感覺，趙坤也在偷偷的盯著自己。

那眼神，彷彿扎在臉上的針，讓他痛得很。

多少年沒有這麼早就開始閒著沒事做，老闆很不適應。他刷手機刷得百無聊賴，忙得慌的人一無聊，就開始瞎想。

這趙坤看起來這麼能吃，而且一身都很怪。這麼長時間，脖子也沒見他有受傷的跡象啊，為什麼王嬸千叮嚀萬囑咐，不要讓她兒子點頭？

他點頭了，會發生什麼？

老闆越想越好奇，趙坤怪是怪，和他面對面待久了，沒見他有攻擊力。老闆就膽大起來，旁敲側擊：「趙坤兄弟啊，你脖子真受傷了？」

趙坤見老闆在問自己的脖子，渾身一抖，沒開腔。

「你真不能點頭？」當小店老闆的，沒幾個不八卦。見人家性格內向，不愛說話，內心的八卦情緒頓時更加高漲：「還有，我看你也才四十多歲，年紀不大嘛，幹嘛整天都待家裡，出來走走多好。外邊空氣多新鮮，人是群居動物，有事沒事也應該湊湊人氣啊。你媽八十多歲了，還要替你操心……」

老闆越說越起勁。

趙坤用僵硬的姿勢從凳子上突然站起來，保持著腦袋不動，緩緩的轉身，想要離開早餐店。

老闆的好奇完全沒有得到滿足。這人都要走了，自己都還不明白為什麼，他媽不讓自己要他點頭。點個頭而已，能有啥。

好奇心佔了上風，老闆幾乎把這輩子的智商都用掉了，猛地叫了一聲：「趙坤，你看地上有什麼。」

趙坤下意識的低下頭，朝地上望過。

這一望，就糟了。

他一動也不動，低著頭，發出一陣乾澀的笑：「老闆，為什麼你非要我低下頭。讓我點頭，就那麼有意思嗎？你滿足了自己的好奇，可你知不知道，你卻害死了我，你害死了我啊！」

趙坤的聲音，一聲比一聲大，一聲比一聲淒厲。

老闆莫名其妙：「你腦袋沒問題啊，頭也沒事，明明點得很順暢。怎麼我就把你給害死，死，死——臥槽！」

老闆尖叫一聲。

他赫然看到，剛剛還在跟他說話的趙坤，帽子掉下來。最可怕的是隨著帽子掉落，他的身體竟然呈現了詭異的一幕。

趙坤的頭，沒有了。

這人的頭，和帽子一起，全都掉在地上，在油膩的地板上翻滾。滾了幾圈後，趙坤的臉轉向了天花板。

老闆瞪大眼，他藉著暗淡的燈光，終於看清楚趙坤的臉。這臉實在是太恐怖了，粗壯的黑色經脈暴露在皮膚上，漆黑的牙齒，漆黑的嘴唇，漆黑的舌頭。趙坤腦袋掉了，竟然也沒有死。

他正在用憤怒的猩紅眸子，狠狠的盯著老闆看，那一眨不眨的憤恨眼神，似乎恨不得吞他的骨喝他的血。

「怪，怪物啊！」店老闆慘叫一聲，拔腿就逃。

09 沉淪的河城

老闆把故事講到這裡，就沒有再講下去，而是嘿嘿的直笑。

有食客聽得正起勁，連忙問：「老闆，你怎麼不講了，後邊呢？」

「後邊啊，嘿嘿。我今天包子剩得還有點多哈。」

「奶奶的，再來兩籠小包子。」食客很上道，紛紛點包子吃。

也有人撇撇嘴，諷刺道：「這故事都爛大街了，我天南海北的，哪個城市都能聽到類似的都市傳說。」

「那後邊的，你肯定沒聽過。」老闆見包子賣得差不多後，很滿意，繼續講起來：「之後的事情，簡直是出乎我意料。趙坤沒有傷害我，他雖然非常憤怒，可仍舊離開。他用沒有腦袋的身體，撿起掉在地上的頭，僵硬的拉開店裡的捲簾門走出去，我之後再也沒有見過他。」

「切。」眾食客聽到居然是這種虎頭蛇尾的結局，噓聲一片，紛紛失望的埋頭吃起食物，準備盡快吃完上班的上班，趕路的趕路。

就在這時，突然一個食客咦了一聲：「我說老闆，你今天的包子特別好吃。用的是哪種豬肉啊，原生態土豬？不對啊，土豬沒有這種細膩，這肉還特別有嚼勁。越吃越香。」

他一提醒，大家都紛紛醒悟過來。對啊，這包子，太好吃了。肥而不膩，肉嚼起來很舒服，化渣得很，難怪不知不覺都點多了。

店老闆仍舊直笑，沒回答。

食客不解道：「你鋪裡的包子也沒見漲價啊，最近豬肉價格突破天際。老闆，你這樣能賺錢嗎？」

「能，當然能。我用的食材值不了多少錢。」老闆背過身，繼續包包子。雖然老主顧少了很多，但是今天的生意真不錯。

「咦，這啥東西。」離夜諾不遠處的食客，吃得正香時，突然咬到了一口硬硬的物體。他連忙將那硬物掏出來，湊到眼前看：「咦，咦咦。這該不會是人類的指甲吧？」

他手裡的東西被口水浸潤，在早晨的光線下閃爍著半透明的磨砂光澤。看模樣，確實很像是指甲。女人的指甲！

不，這絕對是某個女生的指甲。畢竟指甲蓋上，還殘留著做過花的痕跡。食客嚇了一大跳，猛然間站起來。

他的手在不停的發抖，一陣乾嘔從胃傳到喉嚨。他感覺自己的胃涼得很。

「老闆，你殺人了，你把人肉當作豬肉賣！」食客驚恐的吼叫道：「報警，快，大家快報警。」

「你白痴啊，怎麼可能有這種事。」別的食客沒相信。

「你們看這指甲，明明是人類的。」那食客一邊吐，一邊用筷子將指甲夾起來，給別人看。

別的食客還沒愣過聲，就聽到嘩啦一聲響，不知何時店老闆已經把捲簾門給拉上。他背著身，手裡抓著一把尖銳的鋼鉤子，那把鋼鉤子平時是用來勾豬肉的。在燈光下，鉤子散發著陰冷的寒光。

「呵呵，抱歉啊，我忘了把骨頭宰乾淨了，影響了你們的就餐體驗，實在是不好意思，下次我會再把肉宰碎點的。」老闆陰惻惻的笑個不停。

食客們見門都關了，頓時全都駭然道：「老闆你要幹啥，冷靜點。我們可要報警了。」

「嘻嘻嘻。你們不是要聽故事嗎？這個故事，當然還沒有完，還有後續。趙家小子怎麼可能那麼容易就放過我，畢竟我可是害得他好不容易才保住的腦袋都掉了。」店老闆笑得歇斯底里：「所以我跟他做了個交易。」

「我替他尋覓上好的食材，只有這種食材，他才能吃得飽。而他，就讓我繼續活下去，甚至讓我變成不死的怪物。現在你們都吃飽了，上好的餡料都填滿了你們的腸胃，該趙家小子吃早餐了。」

老闆說完話，就聽到後廚傳來了一陣怪異的響聲，那響聲一串接著一串，夜諾臉色一變，這響聲怎麼那麼熟悉。

分明是人餓了之後，肚子咕嚕嚕的在叫，由遠至近，從後廚，來到近在咫尺的廚房側。夜諾苦笑，奶奶的，河城啊河城，到底還有哪裡是安全的？

食客們嚇得都瘋了，一窩蜂的湧到捲簾門前，想要把門給扯開。但是店老闆早就預料到了，捲簾門特意加固過，就連鎖都是特製的。這有預謀的陷阱，不知道前前後後，已經坑殺了多少人。

七八個人圍著捲簾門，硬是打不開。

「捲簾門鎖住了，鑰匙在老闆手裡，快搶過來。」有個食客機靈，吼叫道。

所有人都朝廚房邊上的店老闆望過去。老闆手中確實抓著一把鑰匙，眼神陰森的看著眾人，就如同看著一屋子的食材，毫無感情。

「搶！」食客們壯著膽子跑過去。

說時遲那時快，響雷般的肚子叫聲，已經從後廚來到店內裡。捲簾門隔絕了屋外的陽光，不明亮的燈光中，一個瘦削，全身裹在黑色羽絨服中的男子走了過來。他腳步僵硬，走得很慢，但是每一步，都會讓人覺得不協調。

一股陰冷的風吹過來，所有人都打了個寒顫。最可怕的是，這個人沒有頭。他的頭被拽在他的手裡，放在腹部位置，血紅的眼睛看著屋裡的人，咧嘴笑起來。

這裡的每一個人，看起來都很好吃。

今天的人真多，個個都是中年油膩男，雖然有一個稍微年輕瘦了些，但是不妨礙，終於又可以填滿肚子了。

提著腦袋的男子想著想著，就從嘴裡探出漆黑的長舌頭，舔舔嘴唇。

「抄傢伙。咱們有八個人，他們只有兩個。怕個球。」其中一個四十來歲的大肚腩食客冷靜下來，到處找武器。

食客紛紛恍然大悟，就近拿傢伙。有人拿了一把筷子，有人拿起了凳子。還有人更聰明，一腳將桌子腿踩斷，選了根尖端鋒利的抓在手裡。

有了武器，自己這邊又人多勢眾，所有人膽子稍微壯了些許。

可提著頭的男子還是笑個不停，他血紅的眼睛猛然睜大，舌頭如刺似的，忽然就刺出去。那漆黑的長舌頭準確的刺中了離他最近的男子，男人毫無反抗，就被刺穿了腦袋。

他臨到死亡，仍舊圓睜雙眼，滿臉的難以置信。自己怎麼就躲不開咧，怎麼身體突然就不能動彈了咧？好奇怪！

不只是他，剩下的人全都發現自己渾身僵直，石化了似的根本無法動彈，不要說攻擊，就連手指頭，也沒辦法動一下。

眾人駭然，紛紛明白過來。今早上的早餐，不光是有問題，還能要他們的命。

「喋喋。」店老闆和提著頭的男人，都在笑。發出的笑聲，根本不像是人類。

夜諾也笑了。

店老闆納悶道：「小子，你在笑什麼，該不是怕得失心瘋了吧？」

「我在笑自己沒有看錯你，你果然給我提供了一條好線索。」夜諾開心的道。

「白痴，死到臨頭了，還嘴硬。我看等下你還能不能笑出聲音。」店老闆哼了一聲：「趙家小子，開飯了。」

提著腦袋的中年男子一搖一晃的朝前走，別的食客一臉絕望，怕得快瘋了。他們怎麼都沒有想到，自己只不過是上班的時候順路吃了個早飯，就連早餐店都是隨機選擇的，怎麼一不小心，就變成別人的早飯。

但意外的是，提頭男子走了幾步後，唐突的停止腳步。他手裡的腦袋上，一臉疑惑，似乎看到了什麼常人看不到的東西。就是這不可目視的東西，擋住了他的去路。

「趙家小子，你幹嘛停下來了？」早餐店老闆疑惑道。

「喋喋，前面，有牆。」提頭男子嘴裡的舌頭像蛞蝓，嚴重影響了說話能力。

「牆？」老闆眨巴著眼睛，他跟前明明空蕩蕩的什麼也沒有，哪裡有啥牆。

「老闆，他跟前確實有牆。」夜諾悠哉的一邊說，一邊朝身旁的椅子坐下。

店老闆瞪大眼：「你竟然能動。」

「廢話，我當然能動。我早餐可是一丁點都沒有吃啊。」夜諾淡淡道。

「不可能，我明明看到你吃了一籠小包子，喝了豆漿。」店老闆難以置信。

「那不過是魔術常用的障眼法罷了。」夜諾撇撇嘴。

其實早在進店前，夜諾就已經察覺到這家店有問題。早餐店的招牌上瀰漫著骯髒的黑氣，猶如地獄的入口般汙穢可怖，他哪裡會傻得真去吃這家店的東西。

果不其然，這家店，確實是有問題。

「這小子有些怪。趙家小子，先把他吃了當開胃菜。」店老闆厲喝一聲。

提頭男子將長舌頭彈出，那舌頭尖彷彿衝擊鑽，不多時就將夜諾提前佈置下的結界術給擊碎。夜諾眼睛都直了，舌頭的用法，還能這樣。現在的暗物質怪物也太多樣化了吧。

說時遲那時快，結界術破碎的瞬間，提頭男用力將自己的腦袋朝夜諾甩了過去。那佈滿了骯髒頭髮的腦袋在空中劃過一條弧線，瞄準夜諾的脖子咬。

夜諾迅速向後退了幾步，體內暗能量流出，形成了一道小型的結界術。另一隻手百變軟泥在他的想像中，頓時變成一把長劍。長劍亂七八糟的揮舞，刺向腦袋的腦門心。

這腦袋不知道吃了多少人，補了多少鈣，硬得像是鋼鐵。長劍竟然刺不穿腦門，反而將腦袋像棒球打了回去。

已經變成怪物的趙坤將自己的頭接住，身體前衝，提著腦袋當作武器，向夜諾攻擊。

夜諾手忙腳亂，作為武器的腦袋，可以用各種刁鑽角度來咬他，實在防不勝防。夜諾連忙把長劍變成盾牌，堪堪擋住趙坤的腦袋。

另一邊，早餐店老闆已經提起剔肉刀，正在砍附近的食客，一刀一命，刀刀致命，一刀揮下去，就有一顆食客的腦袋飛上天，噴出大量的鮮血。

「趙家小子，你把那臭傢伙幹掉。我先幫你處理食材，這些食材中了毒，不處理掉會影響口感。」店老闆舔著濺射到嘴唇邊的血，一臉猙獰。

「奶奶的。」夜諾見無辜者不斷在自己身旁慘死，有些急了。他自認不是什麼好人，但好歹都是命，能救一個是一個。

他一咬牙，用玉石手鏈中的能量朝趙坤轟擊過去。這粗獷的能量利用法，讓怪物趙坤本能的感覺到有危險。它向後退了幾步後，齜牙怒吼。

翠綠能量在空中劃過一道綠痕，對這怪物的反制效果極強。趙坤的手只是稍微黏了一些，就嗖嗖的往外冒黑氣，彷彿漏氣的人型氣球。

「這是什麼東西？！」趙坤恐懼道。

「會恐懼，說明他還保留著一絲人類的記憶和情感。很好，非常好。」夜諾有心想要將這只腦袋抓起來，好好審問一下。人不可能無緣無故的變成怪物，肯定有原因。而這個原因，對於他很重要。說不定能順著這條線索，順利的找到河城異變的主謀。

畢竟發生在河城的怪事一波接著一波，明明有著緊密的聯繫，但偏偏猶如亂麻似的，理不順，令人毫無頭緒。

夜諾下定決心，眼下的目標是活捉趙坤的頭，但是這並不容易。

趙坤變成怪物後，直覺強得嚇人。夜諾雖然才接觸到暗能量，體內能量很少。但是趙坤變怪物也沒多久，實力同樣不高。他們半斤對八兩，就這麼一來一去，你把腦袋甩過來咬，我就用暗能量化為結界術擋回去。

僵持了半分鐘後，夜諾眼中突然劃過一絲喜色。他找到破綻了。

在僵持的時候，夜諾一直在尋找趙坤的弱點。因為他變為怪物後的行為，很不尋常。畢竟夜諾在河城遇到的好幾波怪物，全都捨棄了身體，化為單純靠腦袋行動的恐怖玩意兒。但是唯有趙坤，雖然身首分離，可是一直沒有拋棄腦袋。而且分離後的腦袋還能驅動身軀。

這很不對勁兒。

不對勁兒的背後，絕對遵循著規則。讓趙坤捨不得放棄身體的原因，一定就是趙坤的弱點所在。果不其然，這個弱點被夜諾發現了。

趙坤腦袋下的神經線還沒有硬化為尖銳的腳，他與身體的聯繫，普通人看不到，甚至就連夜諾用玉珠子抹眼睛開光後，也沒看清。

直到趙坤在和自己僵持的時候急了，想要快速殺掉他時才露出馬腳。

趙坤提著自己的腦袋，再一次扔出了自己的頭。但是這一次，在十分之一秒的間歇內，夜諾準確的捕捉到了一股黑氣。

那絲黑氣是暗能量的一種，從腦袋下方冒出來，一直延展連接著他的軀體。這黑氣非常隱蔽，而且趙坤異常狡猾，將黑氣掩飾得很好。

可掩蓋得再好，也會有暴露的時候。

夜諾眼睛尖，捕捉到這股異常的黑氣後，當機立斷，壓榨著玉珠中的翠綠能量，將能量形成一把刀，朝那股黑氣砍過去。

趙坤哪裡想得到自己如此謹慎了，還是被別人逮住軟腳。他大駭，拚命的朝一旁躲，可夜諾早就已經在瞬間計算出一刀砍過去後，趙坤有可能出現的所有反應。

這怪物哪裡逃得脫，無論他怎麼躲，最終仍舊被夜諾一刀砍在黑線上。翠綠能量是暗物質生物的死敵，一道綠光閃過，黑線應聲而斷。

趙坤慘嚎一聲，它的身體頓時就失去所有力量，向地上倒下，而趙坤的腦袋也落在地上，滾了幾圈後，沒有再動彈。

一旁正在屠殺食客的店老闆見趙坤沒有解決夜諾，反而被夜諾給解決掉了，頓然臉色大變。

「這麼可能！」他感覺脖子涼颼颼的，心頭發慌。趙家小子明明連腦袋都能拔下來，怎麼可能會被人給殺死？

夜諾動作沒停，他運起體內暗能量，用結界術將趙坤的腦袋給包裹住，之後一腳朝早餐店老闆踢去。

活下來的食客還剩三人，其餘幾個已經倒在血泊中，而且連皮肉帶筋骨被早餐店老闆分割得整整齊齊，血水流了一地，血腥味熏天蓋地，倒映在店內的暗淡燈光裡，彷彿十八層煉獄。

夜諾實在太理智了，如此可怕的場景，他也沒怕，腳踢過去的時候，手裡拿著尖刀的早餐店老闆「嘎嘎」尖叫著躲開，但眼神裡卻冒著凶光，那是人殺多了之後的煞氣。

「臭小子，沒想到你能解決掉趙坤。這沒用的東西，原以為他有多厲害，沒想到他生前是個死宅，死後還是個窩囊廢，就連變成怪物，都能被隨便一個人搞定。但是我不一樣。我想活，我太想活了。」老闆眼中的凶光大冒，他緊拽著尖刀，怒道：「我一輩子勤勤懇懇，從十六歲就開始打工養家。三十歲才有了這間早餐店。我每天只睡六個小時，一年三百六十五天，從來不休息，但命運帶給我的是什麼，是肺癌晚期。我只有半年好活了。可是趙家小子的出現，給了我希望。」店老闆死死盯著夜諾看：「只要能活下去，就算變成怪物，也無所謂。」

「你要幹啥？」夜諾愣了愣。

「時間到了，現在條件完全成熟了。」店老闆揮舞刀，手起刀落，朝著自己的脖子砍。那鋒利的寒冷尖刀，「唰」的一下，只在脖子上留下一條紅線。

老闆瞪大眼，紅線在脖子中間裂開。他的眼眶開始變紅，圓睜的眼珠子怒目而視。他的身體僵硬的站立，身首分離，落在地上彈了幾下後，身體前傾，倒下。

「這傢伙，真自殺了？」夜諾有些懵，雖然店老闆剛剛的自白，讓他完全明白了。可是一個人為了變怪物而自殺，還是讓他出乎意料。特麼，他就沒想過自己死後，變不成怪物這種情況嗎？

不，顯然店老闆是不可能變成怪物的，他死了就死了，畢竟夜諾根本就沒有在他身上發現變成怪物的那股暗物質跡象。

只有人體積累到一定濃度的暗物質後，才會在某種催化中變身暗物質怪物。很顯然，店老闆失算了。

生物學家曾經說過，人的腦袋從身體分離後，還有十秒左右的意識。這句話沒有錯。店老闆自個兒砍掉自己的腦袋後，他的頭滾在地板上，通紅的眼珠子充血，就連視線也在模糊。

他怒瞪著不遠處，也在看著他的趙坤的頭，絕望的罵道：「趙家小子，你騙我。」

說完，這個助紂為虐的人，嚥下最後一口氣。

「你果然是被這個腦袋騙了。這傢伙到底是怎麼變怪物的，說不定他自己都稀裡糊塗，哪有可能把你也變成不死的怪物。」夜諾哭笑不得，他用一口大塑膠袋將趙坤的腦袋裝起來，之後從店老闆屍體上拿起鑰匙，將捲門打開。

剩下的三個食客勉強恢復行動力，掙扎著走出早餐店，紛紛掏出手機打報警電話。夜諾則沒有停下，他提著裝了腦袋的塑膠袋，朝外走去。

在早餐店耽擱了接近一個小時，現在都快八點半了。河城的陽光升起，秋日的陽光不烈，照在身上，卻讓夜諾生不起一絲溫暖。路上的風陰嗖嗖，刺入脊梁骨。

變異的不只是人，還有城市。整個河城都在變異，如果再不快一點，誰知道還有什麼更恐怖的事情等著他。

「趙坤，你家在哪裡？」

夜諾找了個沒人的地方，將趙坤的頭拿出來，問道。

趙坤人類意識保留得不錯，被結界術包裹後，絲毫沒有反抗能力。他斜著眼睛，表示不想搭理夜諾。

夜諾冷笑一聲：「不回答我對吧，放心，我有的是辦法讓你開口。」

他從玉珠子裡擠出一絲翠綠能量，那一抹綠色在夜諾的手指尖，朝趙坤的耳朵孔探過去。趙坤睜著眼，眼神裡全是對那綠色能量的恐懼。他是個弱小的怪物，生前的懦弱到現在也延續下來。

還沒等夜諾真的折磨自己，膽小的趙坤已經被撬開嘴巴。

「我，我說。」他用含糊不清的聲音說：「在，在東籬大廈，2208房。」

「東籬大廈？」夜諾調出導航看看，就在這附近。又問了趙坤幾個問題，但是趙坤保留下來的記憶也不多，對自己為什麼會變成怪物的原因，無論如何也說不太清楚。

他摸著下巴稍微一思索，準備還是先去東籬大廈2208房瞅一瞅，說不定能找到什麼線索。

10 東籬大廈

東籬大廈就在早餐店不遠的位置，直線距離不過幾百公尺而已，很近。這一路上再沒遇到過危險，但夜諾深知進了大廈後絕對不會太平。於是他找了個僻靜的地方，先按暗能量修煉術的運行法則修習幾遍後，把已經虧空的暗能量積滿，順便也給玉石手鏈充了些能。

等到接近十二點了，他這才來到東籬大廈附近。

每日的晌午越是接近十二點，地氣越會被烈日壓下去。陽氣增而地氣沉，暗物質怪物們也同樣會受到烈日的打壓，陷入一天當中最虛弱的狀態。這是暗物博物館中的書裡記載的。

如果東籬大廈內有古怪，以夜諾現有戰鬥力渣渣的情況，十二點進去最保險。

夜諾抬頭，東籬大廈在不算刺眼的陽光中，拖著不祥的陰影，光是靠近，就能感受到一股刺骨的冷意。夜諾用玉珠擦擦眼睛，卻沒看出異常來。

可那滲透骨髓的冰涼，真真實實。怪了，這是怎麼回事？

夜諾心裡有股極為不祥的預感，他皺皺眉頭。戒備的走入東籬大廈後，他有些喘不過氣。從大廈一樓的電梯間開始，就有一股壓抑感。彷彿像是來到四千公尺海拔的高原，缺少氧氣。

「這裡不是缺少氧氣，而是缺少陽氣才對。這棟大廈，人氣不足。」他摸著下巴，隨著電梯發出「叮」的一聲響，這扇老舊的電梯門敞開了。

電梯內的燈光抽筋般的不停閃爍，三面金屬牆壁上，貼滿各種各樣的塗鴉和小廣告。東籬大廈年久失修，物管由於收不上費用而乾脆管理散漫。夜諾進入電梯的時候，甚至還能感覺到電梯輕輕晃動幾下。

想來電梯的鋼索和皮帶也有問題，沒有好好的保養。

按下二十二樓，電梯搖搖晃晃的上去。還好，雖然整座電梯都在發出異響，而且還不停地抖動，頭頂的燈光時明時滅，依然有驚無險的平安抵達。

當走出電梯的那一刻，夜諾長長鬆口氣。他不怕怪物，就怕電梯出事故。他暗下決心，待會兒出去的時候，爬樓梯下樓得了。

作為廉價大廈，東籬大廈將省錢省材料做到了極點。一梯十二戶，真不知道用電梯高峰期的時候，住戶究竟需要等多長的時間。

來到 2208 號房間門口，夜諾輕輕敲了敲門。

沒人回應。

他不死心，又用力敲門。仍舊沒有人回應。

突然，夜諾發現防盜門上的貓眼猛然間暗下來。奶奶的，有人正在從裡邊朝外看他。可詭異的是，他明明沒有聽到任何腳步聲，也沒有察覺到屋子裡有動靜。

這意味著，那個人，其實一直都站在門旁。到底是誰在觀察他？是不是屋子的主人，趙坤的媽媽王老太太？

被貓眼裡擠出來的目光盯住，夜諾渾身都不舒服。他乾咳了一聲，道：「王奶奶，有一件關於你兒子的事，我想請教你一下。」

屋裡仍舊沒有任何聲音發出，悄無聲息的，貓眼又亮起來。顯然是門背後的人離開。可夜諾，依然沒有聽到腳步聲。按理說不應該啊，修煉了暗能量術的夜諾聽力視力都增加了，比普通人耳朵尖，許多細微的聲音都逃不脫他的捕捉。

除非，門後的人，會飛！

想到這兒，夜諾猛地打了個冷顫。正常人類，顯然是不會飛的。屋裡的人，絕對已經不是正常人了。

他又拍拍防盜門，屋裡顯然有啥東西存在，可是並不理會自己。

夜諾忍不住了，掏出一根鐵絲，三下五除二將門鎖給套開了。這開鎖的技能只原理，其實非常簡單。他六歲就能用一根鐵絲打開市面上百分之九十九的鎖，面前的鎖很老式，想要打開不需要花費太多功夫。

當門敞開的一瞬間，夜諾機警的向旁邊一跳，以免遭到突然的攻擊。可是除了一陣冷風吹來，什麼都沒有。

門後空蕩蕩的，一目了然。並沒有攻擊他的生物存在。

「咦，偷窺我的那東西去哪了？」他咦了一聲，一步一步，慢吞吞的走進去。體內的暗能量匯聚到右手掌，結界術備而不用，隨時應對危險情況。

趙家很小，典型的兩室一廳。客廳大約十多平方公尺，有一台老舊的電視，還有暗色的木質傢俱。這些傢俱的年齡絕對超過了五十歲，說不定是王老太嫁人時候添置的嫁妝。

屋子內很安靜，寂靜無聲。裡邊也出人意料的乾淨整潔，一塵不染。這乾淨的程度，讓夜諾直咂舌。

王老太能將屋子收拾得幾乎沒有雜物，不是有潔癖，就是有強迫症。他輕輕蹲下身體，用手指在地上擦了一下。

手指上沒灰塵。

「這個房間十多分鐘前才打掃過。」夜諾感覺手指上有水漬，顯然是才拖過地，既然有人打掃，那麼打掃屋子的人，肯定還在家中。

但王老太，去了哪裡？

屋子雖然乾淨，卻從四面八方隱隱約約冒著一股子怪異的味道，那味道夜諾說不清楚。總之不算是心曠神怡的氣味。

他一腳踹開左邊的門。

這扇門裡同樣沒人，奇了怪了，人在哪兒？

左側的門內是王老太的臥室，這很明顯。臥室內擺設簡單，古色古香，可就算再沒有味道，夜諾仍舊能聞到老人特有的氣息。人一旦老了，老人味非常明顯。畢竟新陳代謝變得緩慢，更不要說空氣裡飄蕩的，絕對不只老人的體臭那麼單純。

夜諾看著臥室裡的床。這張床整理得規規整整，不過已經有好幾天沒人睡過了。

右側的房間便是宅男趙坤的，這個次臥中擺滿了凌亂的物件。電腦，玩遊戲的機械鍵盤，兩台顯示器，還有許多零碎吃剩的包裝袋，骯髒得讓人咂舌。

夜諾將趙坤的腦袋扯出來，撇撇嘴：「你怎麼不學學你媽，你看你房間，多髒啊。」

趙坤怒瞪他，歪著鼻子哼了一聲。

「你媽在哪兒？」夜諾問。

提到自己的媽，不知為何，夜諾感覺趙坤臉上流露出恐懼。這種恐懼深入骨髓，哪怕他變成只有一顆頭的怪物，仍舊怕得很。慈母多敗兒，也許趙坤死待在房間裡不出門，怕是就有自己母親的功勞。

夜諾尋找完兩個房間後，沒收穫，重新回到了客廳。就在這時，他聽到了一陣窸窸窣窣的聲音。那聲音，是從衛生間裡傳來的。

「王老太？」他試探著喊了一聲。

還是沒有人回應他，可衛生間中的怪聲響，越來越明顯了。像是有誰在用細軟的刷子在刷地。

「在裡邊？」夜諾來了精神。這個屋子裡透著詭異，他小心翼翼的來到衛生間前，輕輕推了推門。

門沒鎖，吱嘎一聲，敞開，露出內部的景象。

一看之下，夜諾倒吸了一口涼氣。特麼，這什麼情況？只見王老太太的腦袋扒拉在衛生間的小窗台上，兩隻眼球凸出，死瞪著外邊，不知道在看什麼。

她的舌頭耷拉下來，本來人類的舌頭探出口腔的極限，最多十公分罷了。可人家八十多歲的老太太就是與眾不同，不走尋常路。她的舌頭從嘴裡伸出來，伸了足足有兩公尺長。這老太，竟然在用自己的舌頭打掃衛生。

夜諾噁心到險些沒吐出來。王老太的舌頭探入了蹲便器的下水管道裡，正在用舌尖一點點的把下水管道中排泄物常年殘留下來的骯髒黃色痕跡給舔乾淨。

敢情房間裡的衛生，都是老太用舌頭舔出來的。難怪這個房間不只有老人臭，還有一股奇怪的氣息，那，竟然是王老太的口水。

她用舌頭把整個家，從地板到天花板，甚至管道內部都舔了一遍，舔舐得乾乾淨淨。

夜諾乾嘔了幾聲，捂住嘴，努力不讓這噁心的一幕影響到自己的理智。

死盯著外邊看的老太，聽到聲響緩緩轉過頭來。但是頭動，眼珠子沒動。她的眼眶凸出，眼珠子仍舊留在窗台上看著對面，瞪了極大：「好髒，好髒。崽兒啊，你吃飽了沒？娘把家裡上上下下全都打掃了一遍，可乾淨了。」

夜諾心裡咯噔了一下，這老太，明顯也變成怪物。這家從老到小，全都變異了。可他卻完全沒有搞明白這是為什麼，夜諾在剛剛探索屋子時，根本就沒有找到導致母子倆變異的物件和能量殘留跡象。

明明博物館中的書裡有記載，人類變怪物肯定有跡可尋，不可能平白無故的變異，更不會毫無緣由的遭到暗能量的詛咒，一定會有緣由，或者做了什麼遭到詛咒的事。

但在這個家中，夜諾什麼也沒有找到。一切都顯得不對勁兒！

長脖子的王老太一邊轉頭一邊絮叨：「你看咱們隔壁的周家姑娘，多漂亮。你四十多歲了，還沒娶媳婦，要不娘過去給你說說媒。小姑娘二八年華剛過，才十八歲，正好是嫁人最好的年紀，而且那姑娘屁股大，能生娃。要說他們周家祖上還欠我們王家一斗米，沒那一斗米，周家早就餓得絕後了。你要娶周芸那女娃，是他們周家上輩子修來的福氣。」王老太的眼珠子飛出眼眶，依依不捨的又往窗外看了幾眼：「不行，打鐵要趁熱。我現在就去提親。」

夜諾聽得吐槽連連。王老太為自己兒子也算操碎了心，變怪物了還知道打掃衛生，替自己兒子找媳婦，替趙家傳宗接代。不過自己兒子一個四十歲原子小金剛級宅男，配人家十八歲剛要考大學的小姑娘，是不是太那個了一點？

果然怪物的腦回路是比較清奇的。

王老太朽爛的身體沒有動，她的腦袋轉了一百八十度，眼睛像是蝸牛的觸角般繞到身後，終於將視線瞄準了夜諾。可它看也沒看夜諾，只是瞅一眼夜諾手裡提著的趙坤的腦袋，之後便炸毛了，甚至憤怒的點，也極為強迫症。

「腳，腳，腳。」王老太怒道：「娘好不容易才將地上掃乾淨，你竟然又穿著髒鞋踩進來。娘說了多少次了，既然你不聽，那你的腿就別要了。」

說話間，王老太的長舌頭猛地彈出，彷彿一把又長又細的鏈鋸，朝夜諾的雙腿平平砍出。那極快的速度一點都沒有舌軟，它是真的準備砍掉那一對踩髒地板的腳。

夜諾嚇了一大跳。這老太變怪物了也真夠意思，自始至終眼裡只有她兒子一人，就連夜諾闖進來也視而不見，只是把夜諾的身體當作了趙坤的附庸。

「結界術。」夜諾將早就捏在手中的能量瞬間炸開，形成了一道無形結界護住雙腿。

王老太的舌頭碰撞在結界上，空中猛然迸發一連串火花。刺耳的摩擦聲響徹整個不大的空間。燒灼的味道傳來，夜諾的臉色變了幾變，這舌頭太可怕了。

老太收回舌頭，顯然是有些意外。她觸角似的眼睛骨碌轉了幾下，終於聞到了生人的氣味：「你不是我兒子。你是誰，你為什麼闖進我家？」

「王老太，你的腦回路太慢了。」夜諾吐槽。

王老太冰冷的看著他，夜諾感覺自己被一隻陰冷的蛇盯住了似的，渾身不舒服。說時遲那時快，王老太的舌頭又彈了過來，這一次的速度更快，瞬間就發出了好幾道破空聲。那是舌尖突破音障的聲音，一秒鐘時間，舌頭攻擊了夜諾至少十次以上。

夜諾單薄的結界哪裡承受得住，頓時就破了。

「滾開。」夜諾低吼一聲，手鏈中的綠色能量頓然噴出，黏在王老太的舌頭上，王老太舌頭發出呲呲的灼燒聲，她慘叫幾下，將舌頭吞了回去。

「還我兒子。」老太太盯著夜諾手裡的趙坤的腦袋，頭猛地一甩，銀白的髮絲猛然變長。

「哇，你這都稀稀拉拉沒剩幾根頭髮了，再不珍惜就真沒了。」夜諾猛退。

銀色頭髮根根如針，刺得地面千瘡百孔。好不容易打掃乾淨衛生的王老太見地板也遭了殃，更氣惱了，她憤怒道：「我的地板。」

「這可是你自己刺的，別賴我。」夜諾撇撇嘴。

「死，死死，死。」王老太氣瘋了，話說變成怪物之前，她的脾氣大概本來就不好。銀絲翻滾飛舞，她的舌頭也在無數噁心的長髮中飛了出來，刺向夜諾的腦門心。

夜諾又是一個結界術扔出去，堪堪擋住舌頭。很快，他就被王老太逼到了牆角中，逃無可逃。

「你妹的。」他忙不失措的用百變軟泥變成一把巨大的錘子，重重錘在牆壁上。一錘子下去，牆劇烈的晃動了一下。

修煉暗物質術的他，身體素質比普通人好，力氣也大了。這種變化在他繼續修煉的過程中，改變會更加的大，但現在他也就比健身教練好些許而已，差距不大。

夜諾將結界術佈置在身後，抵擋王老太的攻擊。他一錘一錘的錘著牆壁，沒幾下就累了。在進門的時候他早已看清楚整個房間的佈局。大廈內的建築，東邊全是承重牆。西面是大門，但是大門完全被王老太給擋住了去路。

現在的他只有抵擋的力氣，想要搞定王老太那是癡人說夢，還差了點實力。唯一理智的選項，就只有先逃出去，再想辦法滅了它。

而眼前的牆，是唯一能夠用錘子錘開的空心磚結構。

不得不說夜諾每一步都計算到了。甚至精確到了錘倒牆壁需要的具體時間，可惜萬萬沒想到的是，當牆壁在他不斷的躲避中，好不容易真塌下，露出對面的景象時，他竟然傻了眼。

空心磚崩塌，露出一個可以容人鑽出去的大洞。

洞對面是另一戶人家。顯然牆壁崩塌讓對面那戶有些意外，牆外，有一雙殷紅瀰漫邪氣的眼珠子，正好和夜諾對視到一處。

那雙眼，看得夜諾渾身發冷。這是個十八歲左右的女孩，正是韶華的年紀，卻只剩下猙獰恐怖。她的臉上爬滿烏黑的血管，牙齒漆黑，嘴裡不斷的冒出汙血。猩紅的眼珠子，彷彿掠食動物，舔著嘴唇，對著夜諾陰惻惻的笑著。

奶奶的，這東籬大廈簡直就是怪物窩，而且眼前的怪物顯然比王老太更可怕。

「蹲下。」就在夜諾發呆時，從對面的房間深處，傳來一聲嬌喝。

那聲音很耳熟，夜諾下意識的蹲下，一道匹練似的白光閃過，劈頭蓋臉朝他眼前的怪物女劈過去。

怪物女尖銳的嘶吼一聲，靈活的躲開。她迅速竄入洞中，手腳並用，在垂直的牆壁上亂爬，吊著舌頭，想要咬住夜諾的脖子。

「結界術。」夜諾用結界術擋了一下，可這怪物女顯然攻擊力比王老太更高，結界術沒擋住。

但這仍舊給夜諾爭取了時間。夜諾毫不猶豫的奮力朝被自己錘出的大洞裡跳進去，跳到了對面的房間。

來不及看房間裡到底有誰，他向後一退再退，一個結界術施展在洞口。把迎面追過來的王老太撞了回去。

電光石火間，所有動作一氣呵成。夜諾都有點佩服自己。現在兩隻怪物集中在王老太的客廳，一老一少兩個傢伙相互對視一眼，生前都是女性，或許是出於嫉妒，總之搞不懂為什麼，兩個變怪物的雌性生物，竟然在沉默中突然互咬。

夜諾看得有些傻眼，難不成怪物之間也有同性相斥的規則？

「它們感覺生命受到了威脅，所以都想要吞掉對方，增加存活率。」一個冰冷的聲音傳來。

夜諾一抬頭，看到了一身黑色皮衣打扮的季筱彤。

「你怎麼在這兒？」他略有些驚訝。

季筱彤冷然道：「我還想問你這個問題。我都要除穢成功了，沒想到你幾錘子把牆壁錘爛，把它又放出去。」

夜諾這才發現，自己錘開的竟然是女孩的閨房。這被漆成粉紅色的臥室中，四面牆壁，甚至天花板和地面都貼著許多古怪的符咒。甚至還有各種看不懂意義，卻書寫連貫玄妙的符號以及文字。

類似的文字，夜諾在暗物博物館中也曾經見到過，難不成這所謂的除穢術利用的文字，和博物館有關係？

光頭老大一眾人，卻在不遠處苦笑：「夜小兄弟，咱們又見面了。」

「真巧。」夜諾訕訕道。

「巧你妹啊。我早就看出來這小子有問題了，你看沒看到，他也會除穢術。那一手結界術，用得真是他娘的行雲流水。在火車上你小子可把我們騙慘了。」老六手裡拿著那塊標誌性的板磚，大嗓門喊道：「臭小子，你到底混哪裡的？你應該不是除穢師吧，畢竟你身上沒有標誌。」

「結界術？哦，這門把戲，我也是剛在火車上從你們身上學來的。」夜諾摸摸鼻子，謙虛的說：「結果一到了河城，處處都遇到怪物。危急時刻，一不小心我就用了出來。嘿嘿，這招挺簡單的嘛。」

「簡單你太奶奶啊，老子滾你奶奶的。」老六氣得破口大罵：「撒謊也認真點。這結界術我學了至少十年，也才有點小成就。你用得比我還麻溜，想騙我。」

老五輕輕拉了拉老六，悄聲說：「老六，這小子怪得很。他身上根本就沒有除穢氣。」

「咦，咦咦。」老六被這一提醒，頓時倒吸一口氣：「對啊，臭小子。你身上根本就沒有除穢氣，到底是用什麼施展結界術的？」

「夠了，閉嘴。」季筱彤瞪了他們一眼，讓他們閉嘴。

老五幾人很聽話，瞪了夜諾一眼後，用嘴型告訴他，待會兒再找他的麻煩，便圍著季筱彤不再開腔。

季筱彤彷彿忽略了夜諾的存在，一眨不眨的看著牆上的洞，對面，王老太的客廳中，兩個雌性怪物的戰爭已經到了尾聲。

女怪物強大太多了，竟然三兩下將王老太打殘，將它給活活吞了下去。

夜諾有些不敢相信自己的眼睛，雖然暗物質生物本來就已經無法用常理來解釋了，可眼前的一幕，更加不可思議。女怪物明明很瘦，吞起王老太來一點也沒嘴軟，也不知道她的肚子是不是哆啦Ａ夢的空間袋。將王老太全吞下去後，纖細的腰桿也沒有凸出來的跡象。

難不成是王老太，太好消化了？

「那個女孩，叫周芸。」季筱彤冷不丁的對夜諾解釋。

「周芸？」夜諾聽了這個名字後，冒出滿額頭的黑線。這名字他熟啊，剛剛王老太用舌頭勾蹲便器管道的時候，還在含糊的和自己的兒子提起這名字。說是要去替兒子提親，娶周芸來著。

怎麼未來的兒媳婦，竟然把未來的婆婆給吞了。這究竟是人性的扭曲，還是道德的淪喪？

不過吞下王老太之後，周芸確實變得不同起來。她滿頭的黑髮無風飛舞，脖子扭曲，彷彿有許多蟲子在脖子下的皮膚裡蠕動，看得人心驚肉跳。最怪的是，周芸的脖子似乎被一股白色的暗能量縫合在一起。

但是由於實力增強，那些白色絲線，眼看就要斷掉了。

「到我後邊去。」季筱彤下意識的擋在夜諾跟前，至於為什麼，她完全無法解釋。就如同本能似的，季筱彤沒辦法控制自己想要保護夜諾的情緒。

夜諾倒是隱隱猜到了什麼，自從來到季筱彤身旁，他就隱隱能夠察覺到，從季筱彤身上不斷飛入自己身體中的許許多多白色的能量線。

古怪的是，這些能量線，只有夜諾能看到，甚至就連季筱彤也不曉得，從自己身體中散發出來的能量，竟然厚著臉皮去了夜諾體內，轉入夜諾身體中，繞著夜諾的行功路線運行一周後，又分離出一部分回到了她身上。

剩下的，倒是變為了夜諾自己的能量。算起來，他還賺了。

到底是什麼原理，夜諾思忖片刻，沒明白。資料太少，想來具體緣由，還需要回到博物館查資料，或者博物館中自己的許可權增加了之後，才能搞懂。

季筱彤只感覺靠近夜諾後便會神清氣爽，實力膨脹，彷彿這天，這地，這人間，都盡在掌握中。

這感覺特麼太怪了，也太爽了。女孩不動聲色的瞅了夜諾一眼，心想，這傢伙肯定對自己施展了啥法術，不然怎麼會這樣。

季筱彤自認為將自己的心思遮掩得神不知鬼不覺，可她雖然實力強大，卻畢竟只是個小女生，身後光頭老大等人早就把她偷偷摸摸的行為看在眼裡。

老五眼珠子骨碌轉：「老大，聖女為啥準備替那小子擋刀？」

「咱們家聖女長大了，哎。動了凡心咯。」光頭老大嘆了口氣，一臉吾家有女初長成。

老六撇撇嘴：「那小子長得又不帥，真不知道聖女看上他哪一點。」

「切，感情來的時候，擋都擋不住。」老二嘻嘻道。

「聒噪什麼，閉嘴。」季筱彤的耳朵靈得很。她冰冷的容顏更冷了，怒完，之後作賊心虛的想要離夜諾遠一些，可不知為何，反而又不放心的朝他靠近了幾步。

只要多靠近他一些，季筱彤就會感覺很舒服。身體裡的除穢力會擁有天翻地覆的變化。

容不得多想，吞噬了王老太的周芸陰森森一笑，瞬間從對面的房間對準眾人撞了過來。她飛身在空中，烏黑髮絲變成刺蝟般的流星錘，竟然堅不可摧。

老二從兜裡一掏，摸出一把銅豆子就朝著周芸撒過去。那銅豆子彷彿炸彈，打在周芸身上劈哩啪啦一陣響。

「聖女，我們該怎麼辦？殺了她？」光頭老大抽出一根銅棒問。他將銅棒舞得密不透風，周芸的頭髮全都被他給舞開。

「我們接到的任務，是替她除穢。她還有救。」季筱彤沉吟道：「先抓住她再說。」

說完就示意夜諾向後退。

夜諾嬉皮笑臉的後退了，甚至還自個兒找了個安全的角落，不知道從哪裡摸出一包薯片吃起來。

季筱彤的五個手下圍著周芸打成一團，但季筱彤自始至終都沒有出手。她的視線一直在看著某個固定的方向，渾身優美的曲線緊繃，似乎在戒備著啥。

光頭老大一眾人其實比夜諾判斷的還要強大，他們各自拿著武器，很快就將周芸抓住了。周芸的脖子好幾次躍躍欲出，腦袋似乎想要脫離身體飛出去。可每每如此，季筱彤就會用中指一劃，一條冰冷的匹練暗能量立刻就打入周芸體內。

周芸渾身一抖，脖子便不再蠕動，就連脖子上的那一圈白色能量線也凝實了些。

幾人將周芸按在床上，重新捆好。

「戒備。我繼續替她除穢。」季筱彤來到床邊上，手一翻，不知從哪裡翻出了一只蠶絲般柔順光潔的小袋子，袋子隨手向上一拋，竟然迎風變大，變成網狀，將周芸整個人都罩起來。

在床上不斷掙扎的周芸被白網一罩住，突然就安靜了，彷彿沉睡了般。

夜諾看得津津有味，他用眼睛打量著白網。輕薄的網，應該是用某種暗物質製作而成。其實不光是這張網，光頭老大這些人的武器，多多少少都摻雜著暗物質，包括夜諾從博物館中得到的百變軟泥。

只有暗物質才會在暗能量的催動下產生化學反應。而普通人，就算得到了暗物質武器，也是「然並卵」——然而並沒有什麼卵用。

不由得，夜諾對季筱彤等人的組織更加感興趣了。

季筱彤緩緩將手舉起來，五指間白色的匹練泄出，不斷打在周芸身上。每一次能量捶打，都能讓周芸哇哇大叫，慘嚎不已。

「聖女，她要撐不住了。」光頭老大看周芸的情況不妙，有些擔心：「您從昨天就開始對她除穢，作為一個普通人，她能撐到現在，完全是奇蹟。」

季筱彤一聲不哼，繼續除穢。周芸的身體狀況確實越來越糟糕，她的經脈裡暗流湧動，黑色的血不斷從嘴中噴出。

夜諾看得真切，這所謂的除穢術，就是將暗能量用某種手法打入變異者的人體內。一般而言，變異者在變成怪物時，就應該算是死掉了。可是周芸的腦門心雖然漆黑一片，實則深處還保留著稍微的清明。

就是這一團清明，猶如大海中的一葉扁舟，在狂風暴雨中搖曳不止。不過夜諾並不知道，那團火一般微弱的東西叫什麼。

「夜小子，你也能看到周芸額頭的那團火？」老六湊到夜諾身旁，撇撇嘴：「那叫人火，只要人火不滅，就有恢復成人的希望。」

夜諾有些詫異，這人這麼好心，竟然在跟他解釋。

老六絮絮叨叨，繼續道：「聖女的除穢術登峰造極，不愧是A級的除穢師。要不是昨天我們來得早，聖女及時出手，用除穢力將附身在周芸身上的晦氣驅散，強行保留了她的一絲人火，現在周芸早就無藥可救了。」

一身書生氣的老五也湊了過來：「兄弟，你全名叫啥？」

「夜諾。」夜諾答。

「好名字。姓夜？挺少見的。你的祖籍是不是西南某個少數民族？」老五看的書多，張口就探討起夜諾的祖籍。

「有可能，我沒研究過。」夜諾敷衍道，自己的姓確實很少見，從小到大沒少人好奇：「有什麼話你就直說吧，跟我打官腔也沒用。」

老五尬笑了兩聲：「是這樣的，你跟咱們家聖女，什麼時候勾搭上的？先說明，這可不是我想八卦，純粹是有其他人想知道。」

「啥，我連你們家聖女叫什麼都不曉得，怎麼就在你嘴裡變成勾搭了？」夜諾翻了個白眼。

一個清冷的女聲不大不小的傳來：「我叫季筱彤。」

這聲音正是從床邊上仍舊施展著除穢術的季筱彤嘴裡吐出來的，她真是想死的心都有了。呸呸，怎麼自己突然就沒臉沒皮的把名字說了出來，明明別人都沒問。

老五老六對視一眼，一臉「臥槽」的表情。這世界到底是瘋了還是亂了，敢情人家確實對季筱彤沒興趣，只不過自己家的聖女是準備倒貼啊。不得了不得了，季筱彤是他們哥幾個看著長大的，清冷如冰的性格外，除了修煉就是修煉，從來沒將雄性生物看在眼裡過。

他們完全搞不懂了。

「聒噪，還不來幫忙。」季筱彤怒道，老五老六連忙乾笑著往前走了兩步。

突然，屋子裡所有人都臉色大變。就連夜諾也若有所感。

房間中，猛地刮起一股怪風，怪風過後，氣氛就變了！

「等了那麼久，終於來了。」季筱彤冷笑一聲，手一揚，渾身冰冷的氣質更加冷厲。冷的猶如一團冰，傲然而立。

那股冷然讓周圍得所有人都喘不過氣，只有夜諾面不改色，反而還略有些愜意，季筱彤通體排斥萬物的氣息，離奇的根本不會傷害他。

不過，什麼來了？

風，將對面的窗戶啪的一聲吹開。窗戶玻璃甚至被風吹得千瘡百孔，猶如一瞬間就度過了一萬年似的，風化掉了。

從窗戶開出的大口子外，更猛烈的風吹進來。吹得人站不穩腳。夜諾感覺那邪風中帶著大量的戾氣。所過之處，皮膚發痛。他有點難受，那風顯然不僅僅只是單純的風那麼簡單，吹在人身上，甚至能將人從皮到骨都分割開。

他喘不過氣，正準備施展結界術，卻看到一個窈窕纖瘦的身影往前挪了挪，那身影雖然單薄，但在風中屹立不倒，令人很有安全感。

竟是季筱彤默不作聲的擋在夜諾前方。

「謝了。」夜諾道謝。這股風以他的實力，真不一定扛得住。

「嗯。」季筱彤微微揚了揚下巴，目光一眨不眨的看著窗外。光頭老大等五人同樣如臨大敵。

「聖女，昨天晚上您快除穢成功的瞬間，那個東西就來過。雖然被您打跑了，但周芸身上的穢氣卻不但沒有清乾淨，反倒增加了不少。」拿著銅棒的光頭老大謹慎的說：「我覺著，那傢伙肯定和周芸有啥特殊的關係。」

老五也道：「但凡人沾染穢氣都有因果關係。但怪的是這個家裡，並沒有能讓周芸沾上穢的物件。她身上的穢，必然是從外邊的某個人身上染來的，甚至，那個人故意將穢氣傳播給周芸。」

風刮得更加淒厲了，周芸的閨房變成地獄風口，吹得人張不開眼。

實力比較差的老四和老六有點撐不住，連忙從兜裡掏出一張符咒，體內暗能量輸入符中。頓時一道半透明的結界出現在空中，生生將那股可怕的狂風給擋住。

隨著風的狂躁，不多時，光頭老大也張開結界抵擋。唯有季筱彤傲然挺立，她絕美的身體外，遍布冰冷寒意。風一靠近她，就會被那股寒意凍結，形成一道道美麗的冰晶輪廓。

風吹個不停，但是施展狂風的傢伙，自始至終都沒有出現。

「想來你們的把戲已經被那怪物看穿了？」夜諾撇撇嘴。

滿屋子都貼著符，畫著咒，一看就是陷阱。再加上聽他們說，那怪物昨晚就被季筱彤擊退過，這次肯定會更加謹慎。

「除穢我們是專業的，你是人類，當然知道這屋子裡有古怪，可是對於怪物來說，它們根本不可能看得到。」老六就是看夜諾不順眼，哼了一聲，嘲諷道。

夜諾不明白除穢術的原理，但架不住他聰明。想了幾秒後，摸摸下巴：「既然那怪物不出現，肯定是有忌憚。假如它看不穿你們的陷阱，但是卻彷彿知道了臥室裡有埋伏。這就剩一個可能了。」

「屋子裡有眼線！並且正在通知那怪物。」光頭老大脫口而出：「但怎麼可能，我們昨晚明明掃過屋了，並且確認了好幾次。」

類似的狀況，在除穢的任務中，也時有發生，所以在佈置除穢陷阱之前，他們都非常謹慎的會掃屋。

「對啊對啊。」老五搖著腦袋：「昨晚是我將房間裡所有沾染上穢氣的東西扔出去的……」

他的話還沒有說完，就見夜諾臉色突然一變。夜諾向前一撲，將擋在自己跟前的季筱彤猛地抱住，兩人緊貼在一起，在地上滾了好幾公尺遠。

所有人都驚呆了。

但更讓人吃驚的在後邊，季筱彤原本站著的位置，不知何時一把匕首刺在空中。拿著匕首的人，他們熟悉，竟然是老二。不知何時，老二手裡竟然握著一把黑漆漆的，不知哪來的匕首。

「老二，你在幹啥？」光頭老大瞪大眼，難以置信。他們幾人在季家雖然實力不算太高，但是忠心耿耿，老二怎麼可能突然攻擊聖女，這不科學啊。

「喋喋。」老二咧著嘴，笑得極為陰森。他抓在手中的匕首上沾著一層黑氣，那黑氣在空氣裡不斷蠕動，顯然是一種濃得化不開的可怕穢氣。想一想都可怕，如果匕首真的刺中了毫無防範的季筱彤，聖女就算是不死，也會暫時失去抵擋能力。

光頭老大一陣怕，如果不是夜諾察覺到不妥，現在他們一行人怕是都已經全滅了。

「老大，二哥已經不是二哥了。他被穢氣附了體。」老五怒得渾身發抖。

果不其然，老二原本斯文的臉早已經扭曲了，脖子上黑氣瀰漫，彷彿下一刻頭就會從身軀上飛出去。

「該死，老二是什麼時候被附身的？明明完全沒有跡象！」老大憤怒的一拳打在牆上：「難不成昨晚，那怪物第一次出現的時候就在老二身上埋了種子。甚至，早在我們進入東籬大廈的那一刻老二就著了道？」

光頭老大百思不得其解，自家的兄弟，怎麼突然就被穢氣汙染了。而且一直潛伏隱藏在他們身邊，沒有人能看出端倪。

那怪物，好毒的心機。

但最讓人不明白的是，就連準聖女季筱彤，A級除穢師的實力，也沒發覺老二有問題，那個打醬油的撲克臉夜諾是怎麼發現的，而且還在最危急的時刻將聖女救了。

老六拿著板磚，和其餘幾人一起把異變的老二圍起來。老四掏出一捆繩子，那繩子被除穢力一染，頓時金光閃閃，朝老二套去。

老二嘴裡不斷的流出黑氣，掏出一把銅豆子，將繩子打掉。身後，光頭老大已經舉著棒子朝他的腦袋敲過來。

和夜諾滾成一團的季筱彤突然被抱住，只是愣了愣，看著近在咫尺的夜諾，聞著男性身上特有的味道。她沒有掙扎，只是用冰冷的眼神看著幾乎要跟她鼻尖挨著鼻尖的男子。她的眼神中，說不清是什麼情緒。

「對不起。」她沒來由的說了這麼一句。

夜諾愣了愣，懷抱中的季筱彤軟軟的，身材比看上去還要好得多，正抱得舒服，被自己抱著的女孩，竟然向自己道歉了。

這什麼情況？

說實話夜諾有些懵：「你道歉幹嘛？」

「明明是你好心救我，我卻害死了你。」她的語氣裡少有的蒙上一層感情色彩，她的話裡，全是悲涼，有對自己的，也是對夜諾的。

「等等，我活得好好的，你怎麼咒我死。」夜諾沒明白。

季筱彤苦澀的一笑，自己天生冰體，打從娘胎出生後，就連父母也無法抱自己。

所有生物碰到自己的身體，就會在瞬間凍成冰晶，無一例外。這輩子，除了師傅，她沒有接觸過別的生物，就連寵物也不曾擁有過，更不要說和異性有肌膚之親。

或許這是自己這輩子，第一次和異性接觸，也是最後一次被異性抱住。人生何其殘酷，但這就是季家屹立千年，仍舊不倒的秘密。

為了家族，為了人類的存亡，總有人需要犧牲自己。季筱彤從懂事開始，早就明白了自己的命運。

女孩絲毫沒有掙扎，仍舊僵硬的在夜諾懷中，她準備就這麼靜靜的，等待夜諾的死亡。

可是五秒鐘過去了，十秒鐘過去了，一分鐘過去了。

奶奶的，背後打成一團的光頭老大等人，已經都把被穢汙染的老二制伏，替他送完葬了。夜諾還一臉無所謂的抱著她，既沒有鬆手，也沒有不舒服。

兩分鐘過去了。

光頭老大、老四、老五、老六圍著躺在地上的夜諾和季筱彤跟前，看熱鬧不嫌事大的當吃瓜群眾。四雙眼睛，火熱的、震驚的、目瞪口呆的看著兩人。

可，夜諾，似乎仍舊完全屁事都沒有。

咦，咦咦。這次輪到季筱彤懵了。不太對勁兒啊，眼前到現在都還摟著自己的男子，並沒有變成冰晶，也沒有死掉。

甚至還有些不耐煩的抽出一隻手，摸摸頭髮：「喂，你準備在我身上賴到什麼時候，我只是把你撲倒而已。美女，你把我手臂都壓麻了還不起來，不是要碰瓷我吧？」

「碰，碰瓷。」季筱彤臉紅，她雖然疑惑，但還是沒起身。反而伸出手，摸在夜諾臉上。

原來男孩的臉也是軟軟的，原來男生的皮膚，是這種觸感，好新奇。

季筱彤接觸到夜諾的臉後，驚訝道：「你竟然沒被我傷到，這怎麼可能，這很沒有道理啊。」

按理說，自己直接碰到了夜諾的皮膚，他會在幾秒鐘後血液因為超低溫而冰凍結晶。但直到現在，他仍舊滿不在乎的活著。

「什麼有道理沒道理。小姐姐，你的行為很奇怪你知道不。」夜諾瞪了她一眼，這傢伙活該二十年都是單身狗，情商太低了。

他一把將季筱彤推開，警戒道：「那東西，進來了！」

陰風，不知道何時停歇。停得沒有徵兆，那麼的突然。

「嘻嘻，嘻嘻嘻。來了，來了。」突然，從床上傳來一陣歇斯底里的笑。不知何時周芸又醒了，她睜開眼，眼珠子裡全是猩紅的血色，一看就不正常。

本來被季筱彤壓制下去的穢氣，再次佔據上風。她的脖子扭來扭去，彷彿有一隻無形的手，在捏橡皮泥似的，把她的脖子不斷的扯長。眼看就要將周芸的腦袋扯下來。

季筱彤冷哼一聲，深深看了夜諾一眼後，手探出，朝周芸的脖子一指。一道匹練的白光閃過，距離周芸不遠處的空間，一陣扭曲。有個尖銳刺耳的叫聲傳來，顯然是某種東西被傷到了。

夜諾眨巴了幾下眼，沒看清女孩擊中了什麼。

「佈陣。」季筱彤命令道。

「兄弟們提起精神，這次讓它來得去不得，替老二報仇。」剩餘的人立刻忙碌起來，紛紛從身上掏傢伙。

「燃。」光頭老大掏出一張紙符，夾在指尖隨風一晃，紙符頓時燃燒起來。他將燃燒的紙符扔向特定的位置。只見紙符燒灼，很快便點亮了一屋子滿牆壁的符咒。

就連牆壁上刻下的符號，也逐漸一層一層的亮起，煞是好看。

隨著符咒點燃符號變亮，整個屋子都顯得光怪陸離。夜諾分明看到，一顆腦袋出現在周芸不遠處。這顆腦袋的臉，是個男性，大約二十多歲。它閉著眼睛，嘴裡犬齒縱橫。咬合力強大的嘴巴，緊緊的咬住了周芸的頭髮，想要幫助周芸將她的頭給扯下來。

現形的它顯然有點驚慌，眼看著周圍出現大量和自己的力量相反的咒文，男人頭終於放棄了。它黑漆漆的眸子僵硬的直勾勾看了屋裡人一眼，準備從窗戶衝出去。

「哪裡逃。」季筱彤冷哼一聲，伸手，五指一抓。

飛在空中的男人頭當即悶哼一聲，嘴裡黑血狂吐。光頭老大四人連忙掏出網，劈頭蓋臉朝男人頭罩了過去。

這怪物被滿屋子的咒文壓得死死的，無法反抗。最終讓季筱彤封印在網中，不再動彈。

老四、老六抹了一把腦門心的汗，大喜道：「聖女，我們終於抓住它了。根據咱們昨晚的分析，河城發生的怪事，大概就是這傢伙造成的。」

「查查。」季筱彤面無表情，重新回到周芸的床邊上，將她躍躍欲飛的腦袋重新鎮壓住。

「好咧，保險起見，我用顯光符再查一遍。」光頭老大從包裡又拿出一張符紙，這張符畫得重重疊疊，非常複雜。

在男人頭上將符紙燒開後，許多亂麻般的黑線浮現出來。光頭老大瞅了半天，確認道：「聖女，它身上的穢氣，確實和昨天在火車上襲擊我們的氣息同源同根。確定就是河城事件的幕後主使者，你看，它臉上的這道傷口，應該就是昨天您打出來的。」

男人頭的臉右側，確實有一道剛剛癒合的瘢痕。疤痕裡還凍結著冰晶，那冰晶裡的氣息，和季筱彤身上的一樣，沒想到火車上季筱彤那跨越空間的一擊如此可怕，她體內的凍結暗能量如此恐怖。

至今，怪物都沒能將傷口內的寒能除盡。

周芸在季筱彤的鎮壓下，再次陷入了熟睡狀態。光頭老大把男人頭連頭帶網，裝入了一個盒子中，喜孜孜的說：「沒想到這麼順利。等除完周芸這位委託人的穢，咱們就可以回去交任務領獎勵了。這任務場面那麼大，評價肯定能到蛇3。到時候，我們兄弟幾個的除穢師資格，也會相應增加。賺了。」

除穢師的死亡率極高，哪個人出任務時不是提著腦袋出門的。生死，光頭老大幾人早就看淡了。只有利益才是讓除穢師們前仆後繼的原因。

而這次任務的回報，無疑是巨大的。

夜諾在屋裡溜達了一圈後，湊到季筱彤的身旁：「季美女……」

「小姐。」季筱彤看向他。

夜諾愣了愣：「季小姐？」

「嗯。」女孩大眼睛一直落在他身上，彷彿猜到了他的心思：「你是不是想問，事情太簡單了，有點不太對勁兒。」

「不錯。」夜諾點頭。

季筱彤冰雪聰明，淡淡道：「我也這麼覺得。」

「那個男人頭，說是被你們抓住，但更像是來自投羅網的。你們佈置的陷阱，對它的鎮壓，並沒有想像中大。」夜諾眼睛尖，看得清清楚楚：「可它為什麼要這麼做，被你們抓住，有什麼好處嗎？」

還是說……

兩個人對視一眼，突然同時想到了什麼。之後極有默契的向相同的方向猛地一跳。就在這瞬間，整個屋子全淪陷了！

12 魚缸／下

黑，無盡的黑。

夜諾只是往那麼一跳而已，就察覺到地面變軟了。他的記憶中，自己位於周芸床旁，四周都是結實的木地板。

可是一跳之下，不光整個世界變得漆黑，而且像跳到了某種黏稠的液體中，他的身體還在不斷的往下滑。

睜開眼睛，什麼都看不見。

夜諾在一直下沉，下沉，下沉。他估摸著，自己應該沉入了液體中至少一百公尺的位置，但是這不科學啊喂。

周芸的家位於東籬大廈二十二樓，距離地面約六十六公尺。先不論這棟老舊的大廈裡有什麼液體物質能讓他一直下沉，可自己也不應該沉到地下四十公尺深的地方吧。

河城雖然叫河城，但是土下的基岩很紮實，不屬於沖積平原，腦袋裡不斷的分析著，沒多久，夜諾又察覺不對勁兒起來。

「中招了，中招了。可是，我和季筱彤一行人，到底是從什麼時候中招的？」夜諾有些迷惑。

或許是周芸的家早在很久前，便已經是可怕的陷阱了，勾引著季筱彤的人進來，而自己，不過是被牽連的而已。

還有，這裡，到底是什麼地方。

夜諾總感覺，這一灘烏黑的水中，似乎並不僅僅只有自己。他的身旁，有某種東西在游來游去。而且那些東西還不少。每一次游動都能在液體中激起激流，不過那些東西很謹慎，暫時沒有靠近他。

「結界。」他皺皺眉頭，體內暗能量湧出，在身體周圍佈置了一層單薄的結界。

雖然看不清，不過夜諾能察覺得到。游來游去的並不是季筱彤一行人，甚至不可能是人類。那些東西帶著陰森的視線，在黑水中窺視著他。讓夜諾頭皮發麻。

說時遲那時快，也許是覺得夜諾並不危險。那些東西開始逼近，最後一窩蜂的朝夜諾湧過來。夜諾在黑水中睜大眼睛，他周圍的液體凌亂，不斷有東西瘋狂的撞擊在透明的結界術上。

不多時，結界就被撞破了。

「真不好玩。」夜諾連忙壓榨著體內的能量，迅速又佈置了一道結界。

結界再次被撞破。

一而再，再而三，直到夜諾油盡燈枯。但是夜諾絲毫不懼，他面無表情，大腦瘋狂的運轉著。接著冷哼一聲，反而朝那些怪物們衝過去。

另一邊，季筱彤也陷入麻煩中。

身為十二候補聖女之一的季筱彤，從小就如冰一般。無論是性格，還是模樣。她天生冰體，體內擁有一種神秘的能量。這股能量就算是季家數千年努力研究，也只研究出了皮毛罷了。據說，冰體是兩千年前的神，賜予季家的禮物。

但，這真的是禮物嗎？

每一代季家的冰女，在從娘胎出生後，就會被帶走，遠離父母。和師傅一起度過童年。對，童年。在季筱彤的記憶裡，她沒有童年。

祈禱，練功，控制體內的冰能。是她童年的全部。她沒有夥伴，從未和同齡人嬉戲過。她的肌體皮膚，甚至毛髮，對所有生物都是一種災難。

天生的冰冷在接觸到一切生命體時，就會在瞬間摧毀對方的細胞。如果不及時將接觸面分離，只需要短短幾秒鐘，對方就會徹底因為細胞凍結而死亡。

無一例外。

對於這詛咒般的神的禮物，二十年來，季筱彤早已習以為常。她明白自己有多可怕，這一點，早在五歲的時候就已經刻骨銘心。

那年，她被師傅帶到了雪山之巔。茫茫白雪讓她如魚得水，她在這裡練習了一年的功法。可她太寂寞，太寂寞了。小孩子的心性，本就是喜歡熱鬧的。哪怕她是一個三無女，哪怕，她並沒有太多的感情色彩。

辛苦練功的時候，她救了一隻受傷的雪兔。白白的雪兔漂亮極了，那光滑的毛皮柔潤絲滑，她多想摸一摸。

那是她第一次擁有寵物，但也是最後一次。

偷偷餵雪兔的她不斷克制想要撫摸牠的小心思，但是雪兔太黏人了，最後趁她不注意，用剛醫治好的腿跳入她的懷中……

看著雪兔變成冰雕的那一刻，季筱彤感覺自己的心臟發出一聲脆響，那是心碎掉的聲音。

從那天起，她就再也沒有感情波動，也再沒摸過活物。

「我這是怎麼了，奇怪。」陷入黑水中的季筱彤有點恍惚，她揉了揉自己的臉。怪了，今天心緒不寧的，怎麼想起了很久很久以前的過去？果然是那個可惡的傢伙，對自己施展了怪法術！

她跺跺腳，意識中，身上似乎仍舊殘留著那個人的溫度，以及指尖上那人厚臉皮的觸感。

那種感覺，真好。

「呸！我在想什麼！」季筱彤回過神，眼神一凝。

水裡有東西，正在朝她靠近。

「哼，找死！」女孩冷笑一聲，瀑布般的長髮在水中蕩漾著，微微一動彈。刺骨的寒冷，立刻席捲了感覺能觸摸到的所有空間。

水中怪物，瞬間便沒了生命氣息。

「開天光。」季筱彤眼神中一絲光流轉後，眼前豁然開朗，原本的黑水變得透明，光射入眼簾，她終於看到了周圍的事物。

一看之下，倒吸一口氣。

她身旁有大量的生物死掉，這些生物非常熟悉，竟然是一條條的觀賞魚。原本指頭大小的觀賞魚，現在變成龐然大物。紅色的魚身上，鱗片反射著光，足足有幾十條，被季筱彤的天生冷冰給凍死在冰中。

翻著魚肚白，瞪著呆滯的大眼睛。

她左右四顧，開天光雖然勘破了黑色液體，但並不能看多遠。女孩的視線大約只有兩公尺的距離，目視所及，全是黑暗。

密密麻麻的觀賞魚不怕死的再次衝過來，這次足足有上百條之多。每一條，都有季筱彤的三倍身體那麼大。溫順的觀賞魚變得無比猙獰，張大嘴，噴出一口黑氣。那黑氣很邪門，彷彿擁有強大的腐蝕能力，黑氣周圍的水都沸騰了。

「凍。」季筱彤手一揚，黑氣連帶著怪魚，又一次凍結成冰，好強的穢氣，周芸的屋子，果然早就被佈置成陷阱。

她妙目流轉，想要尋找這古怪的黑色液體的出口，但是視線太狹窄了，無論朝哪裡遊走也無濟於事。

「那個人，應該也和我一起掉進來。」季筱彤心臟一跳：「他很弱，不知道現在怎麼樣了。」

怪魚的實力，大概在F級左右，很弱。但是卻數量龐大。在女孩的眼裡，夜諾同樣也很弱小。

「我在擔心他嗎？」三無女疑惑的偏著腦袋，試圖在腦海裡尋找「擔心」這個詞語的定義。可是無解。

季筱彤無頭蒼蠅似的到處走，雖然不懼怕魚怪，但是她始終找不到出口。這一汪黑色水域實在太大太大了，如同深邃的海，看不到盡頭。

游了不知道有多久，突然季筱彤看到驚人的一幕。在前方的水域，無數魚怪的屍體漂浮著。翻著肚子，身體殘缺不全。

季筱彤有些吃驚，但很快就明白了。遠處，還活著的魚怪們不知為何劇烈的騷動著，周圍的液體甚至都在它們的瘋狂中湧動起來。大量的怪魚開始互相攻擊、啃咬、吞噬。季筱彤完全不知道發生了什麼。

很快，幾百隻怪魚就在內訌中死掉了。

「怎麼回事？」女孩有點疑惑。

一個聲音突然就冒了出來：「季小姐，好巧。」

「夜諾先生？」聲音很熟悉，分明是夜諾的。季筱彤轉頭，剛好看到夜諾悠閒閒的朝自己游過來。

「它們怎麼了？」女孩問。

「沒什麼，用了點小手段而已。」夜諾笑嘻嘻的湊到季筱彤身旁。

「是你殺了他們？這怎麼可能！」女孩十分不解。明明夜諾那麼弱小，對付一兩隻魚怪就是極限了。但現在，魚怪的屍體接近上千。

他到底對魚怪做了什麼。

「這些魚都是米奇魚，只要知道它們的習性，哪怕是變異了，也很好處理。」夜諾撇撇嘴，手一抖。剛剛恢復理智正準備衝過來的米奇魚怪，又一次陷入了同類相殘的命運。

季筱彤眯了眯眼，她發覺夜諾手裡拿著一塊白白軟軟的物體。手抖的時候，那物體就變成細粉，緩緩飄入了水裡。

就是那些細粉，讓魚怪們發瘋。

頓時，夜諾在女孩的眼中，變得更加神秘起來。眼尖的季筱彤甚至發現，夜諾手中拿著的那塊軟白的物體也不簡單，像是某種暗物質聚合體。

這傢伙到底是什麼人？明明那麼弱小，可只要待在他身旁，季筱彤就莫名其妙的很安心。這感覺實在是太奇怪，太無法解釋了。而且，他還是這世界上，唯一能直接接觸自己的人。這輩子，她經歷過無數慘烈的戰鬥，無數離奇的詭異事件，但都遠遠沒有今天這麼驚奇過。

三無女瞥了夜諾一眼，沒再多問。每個人都有自己的秘密，她不是聒噪的人，甚至沒有好奇心。

「季小姐，你知道這裡是什麼地方嗎？」夜諾見周圍的魚怪死得差不多了，這才問。

季筱彤搖搖腦袋，配著冰冷的臉，有一種可愛的反萌差。

「我倒是有個猜測，不過還需要證實一下。」夜諾摸摸下巴：「說起來，你有沒有覺得這裡挺怪的？」

季筱彤點頭。其實她想說，最奇怪的人是你才對。明明那麼弱，在這個自己用除穢術都勘不破的地方，竟然還一副胸有成竹、勝券在握的模樣。

「咱倆已經泡在這黑水中至少一個多小時了，我沒有淹死，居然還能正常的呼吸。這太不可思議了。最開始的時候，我以為自己中了幻術。周圍的一切，都是假的。有可能我們還在周芸的房間裡，不過一葉遮目，眼中只能看到假象。但是很快，我就把這個可能性排除了。」夜諾說道：「周圍的液體，是物理的。它符合流體動力學的一切規則。如果真的是幻術，總會有破綻。但是咱們身處的黑色水域，無論我怎麼測試，都只有一個結論。它們確確實實是真的液體，我們不知中了什麼陷阱，落入了水中。至於水為什麼是黑色的，我懷疑是內部摻雜著大量的暗物質。」夜諾繼續分析。

「穢氣。」季筱彤補充。

夜諾撇撇嘴：「你們稱之為穢氣，但是我覺得叫做暗物質，更物理一點。」

季筱彤沒爭辯，一邊警惕著四周，一邊聽夜諾說話。她本就不是多語的人，惜字如金。每每有魚怪衝過來，她在瞬間就能將其凍結成冰。

夜諾也樂得輕鬆，將手裡那令魚怪發瘋的白軟餌料變回了百變軟泥：「既然我們在暗物質液體中，那麼就能很好的解釋，原本正常的米奇魚，為什麼會充滿攻擊性，而且還疑似變異了。有人故意用暗物質餵食牠們，將這塊地方變成人類的絞肉場。而目的，就是為了對付你們這類除穢師。」

「河城潛伏的怪物，已經陸續殺掉了上百位低級除穢師了。」季筱彤贊同：「也許河城中，有針對除穢師的大陰謀。」

夜諾淡淡一笑：「所以，要跟我聯手嗎？」

她抬抬眼：「聯手？」

「咱倆一起把幕後的怪物搞定，我只需要拿走它身上的某一樣東西就好。」夜諾說。

季筱彤冷冷道：「你那麼弱。」

「可是沒有我，你一輩子都不可能走得出這片水域。」夜諾自信的道。

她卻不信：「我倒要試試。」

「你不是已經嘗試了好幾個小時了嗎？咱們落入水中這麼久，你逃出去了嗎？」

夜諾看著她的眼睛。

她被他炯炯有神的雙眼緊緊盯著，生平第一次，移開視線。她思忖盤衡後，終於點了頭：「可以，你帶我出去。」

說這句話的時候，季筱彤內心其實是不信的。自己用盡所有的探測法術，都無法探測到水域的盡頭。這個弱小的傢伙，真的能做得到？

夜諾在心裡暗自鬆口氣。只要這三無女願意合作就好，他測試過這片水域，得到的結論非常難以置信，光是靠他自己，恐怕是難以活著逃出去的。但是有季筱彤，形勢就完全不一樣了。

季筱彤的身體裡，擁有無窮的潛力。這種潛力異常強大，強大到恐怕她自己都難以想像。被暗物博物館承認的夜諾，作為博物館管理員的他，其實能察覺到許多，這個世界的人，甚至是那些自稱為除穢師的人，都看不到的東西。

夜諾隱隱能明白，季筱彤的體內，似乎有某種東西和暗物博物館連結著。至於是什麼，以他現在的許可權還無法知曉。但正是因為這種連結，季筱彤對自己有天生的親近感，甚至她身體上那排斥萬物，凍結一切的寒冷，也無法傷害到自己。

依靠季筱彤的能力，夜諾有十足把握能逆轉河城的局勢，揪出背後的黑手。

「幫我守著，不要打攪我。」夜諾用百變軟泥在水中，變出了一塊黑板。用手在黑板上寫寫畫畫，寫下大量公式，彷彿在計算著什麼難題。

這一幕如果讓他的物理老師看到了，一定會驚掉下巴，作為學校大魔王的他，竟然也有需要借助黑板的一天。在所有認識夜諾的人中，都從來沒有見到過他在計算任何物理和數學題時，借用外物。

不錯，過目不忘可以令夜諾在腦子裡建構出印象黑板，運算基本上能利用心算解決。智商高的人，遠遠不是電腦能夠比擬的。當年艾倫．圖靈夠牛逼了吧，英國大數學家，邏輯學家，這個人在二十多歲的時候，就能用大腦心算出彈道導彈的軌跡。

夜諾的智商，或許要比艾倫．圖靈還要高，是牛逼中的太空梭。可想而知，能讓他拋棄心算而用上常規計算的計算複雜度，到底有多高。

季筱彤只瞥一眼，就被黑板上眼花繚亂的公式給看花了眼，腦袋都要爆炸了。她的邏輯思維能力，甚至數學計算力也不差，畢竟高考也是考了 700 分的人。可惜自己這個小學霸，遇到了學霸中的鬥戰勝佛，高下立判。

她一個公式也沒看懂。

「我在計算流體力學在當前黏度和雜質情況下的一百萬種可能性。」夜諾足足計算了十分鐘，但是漫長的計算過程，不知道何時才是終點。

季筱彤掰著小指頭，站在他身旁。沒事凍一凍攻擊過來的米奇魚，無聊的時候就偷偷瞅瞅聚精會神的夜諾。過了大約一個多小時，夜諾終於長出一口氣：「搞定了。」

公式有了結果，但是那複雜的結果，季筱彤仍舊有看沒有懂。

「我們先確定上下左右。」液體裡感覺不到重力，會令人頭暈目眩，自然也就無法分辨方位。

二戰時期的飛行員常常會患上一種特殊的航空病，叫空盲症。因為飛機故障失去了正常儀表功能的飛行員，夾在天空和海洋之間，上下都是湛藍的一片。很容易分不清上下，他們有的人以為是天空的位置，一個俯衝飛過去，結果一頭撞在海面上，慘死當場。

現在季筱彤和夜諾的處境，就是如此。整個黑水遮蓋視線，又隔絕感知，彷彿迷魂陣似的，你以為游的是直線，實際上鬼知道是不是真的在往前游。

「這裡是上下，這裡是左右。」夜諾看一眼流體公式的結果，指了個方向：「先朝上游五十公尺。」

說完不由分說的探手抓住季筱彤柔弱無骨的小手。

不習慣被人握著的季筱彤微弱的掙扎了一下，冰冷的心臟輕輕一跳後，就任由夜諾拉著往上游。

兩個身影不斷的在黑水中變換著方位，夜諾臉色嚴肅，他清楚這黑水中的凶險。在計算的時候，就發現了水中有大量的干擾因素。這些因素為計算帶來了阻礙。每一個阻礙，都是致命的陷阱。

就連季筱彤，面色也冷然起來。越是往前游，臉色越是寒意迥然。她看出了黑水中的陷阱，所以驚訝無比。這些陷阱，竟然全是針對她的。

這到底是怎麼回事？

如果沒有夜諾帶領她避開，她就算不會被這些陷阱殺死，也會受傷，浪費大量的時間。她皺皺眉，輕咬嘴唇。

河城，究竟隱藏著什麼秘密？為什麼佈置陷阱的傢伙如此瞭解自己，到底是誰，想要害死她？又或者說，想要害季家？畢竟這次任務，折損的大量除穢師，都是季家一系的。

「出來了！」還沒等她想明白，夜諾突然輕鬆的吐出幾個字。

只見眼前豁然開朗，黑水猛然間就退盡，露出透明的世界來。但是季筱彤只看一眼，就驚呆了。

「這裡，是，魚缸？」她難以置信：「我們在魚缸裡？」

13 那些魚那些頭

「媽媽，你看你看，那隻小魚好漂亮。我要買。」一個嘴裡含著棒棒糖的小屁孩好奇的將臉貼在魚缸上，玻璃讓她肥嘟嘟的小臉都變了形。

「買什麼買，我的錢又不是大風刮來的。帶你上街一趟，你說你買了多少東西了。」媽媽沒好氣的白了她一眼。

小女孩急道：「可是真的不騙你，那隻黑色的小魚好神奇。牠有魔法哦，說不定是魚裡的愛莎。牠嗶嗶嗶的一晃尾巴，周圍的紅色魚魚，全都變成冰棒。」

「你這孩子，又在瞎想了。」媽媽根本不信，扯著小女孩走了。

空蕩蕩的水族店裡，只有老闆一人坐在收銀台後邊打瞌睡。在那高達兩公尺，寬五公尺的巨大水族箱中，一條黑色的小魚，一條藍色的小魚，正呆滯的看著玻璃和水之外的世界。眼中全是難以置信。

黑色的魚，正是穿著黑色緊身服的季筱彤。而藍色的魚，是夜諾。他們大眼瞪小眼。清晨的風吹過店外，天色有點暗淡，彷彿在預示著極為不祥的可怕暗流，正在河城蔓延。

「我們不光在魚缸裡，我們，還變成魚？」在逃離某個陷阱後，黑水徹底退去。看清了水族箱外景象的季筱彤眨巴著大眼睛，疑惑的瞅了瞅夜諾。

明明在她眼裡，夜諾是個人類啊。臉上懶洋洋的欠揍表情，也和之前一模一樣。可從空氣裡傳導進水中，之後落入她耳朵裡的小女孩的話，讓她意識到了自己竟然和夜諾一起，變成觀賞魚。

這令季筱彤很難接受。

「果然如此。」夜諾雖然驚訝，但更多的是興奮：「沒想到暗物質生物這麼大本事，連將人變成魚這麼逆天的事都做得到。」

季筱彤白了他一眼：「怪物的穢氣有無數的能力。」

「但這完全顛覆了物理和生物法則啊。」夜諾搓了搓手，嘿嘿一笑：「別嘲笑我土炮，我長這麼大，還是第一次遇到這麼新奇有趣的事。」

女孩嘆了口氣：「看起來你完全不驚訝。」

「我早就猜到了，現在只不過證實了我的猜測而已。」夜諾滿不在乎。

「先出去再說。」季筱彤無語了，這傢伙果然是個怪人。她掃視四周幾圈後，體內的冰冷寒意散發出來，像是想要攻擊周圍的一切。

「你想幹嘛？」夜諾嚇了一跳。

「把水凍結，將魚缸撐破，逃出去。」季筱彤淡淡道。

「別啊，美女。」夜諾連忙攔著她：「我還沒搞清楚咱們變魚，到底是物質上的還是非物質上的。你把魚缸弄破了，萬一變不回去，咱倆只能變成兩條沒水的魚，在碎玻璃上一跳一跳的，直到嚥氣。」

「那你想我怎麼做？」女孩瞪著夜諾。

「等我一下。」夜諾左顧右盼：「現在還不是時候。」

「什麼意思？」季筱彤愣了愣。

「等。」夜諾沒再說話，只是讓她等。

時間一分一秒，在兩條傻魚的傻等中度過。就在季筱彤要不耐煩的時候，情況突的又有了變化。

巨大水族箱中，有幾千隻米奇魚。這些對人類而言，只有幾公分長的紅魚，本應該是膽小柔弱的，可正是這些膽小的魚，圍在夜諾和季筱彤附近，圍了一圈又一圈。被幕後黑手餵食過的魚，猙獰可怖。

但季筱彤哪怕變成魚，也是一條強大可怕的魚。不過當看到魚缸外的景象時，少有感情色彩的她，竟然忍不住倒吸一口氣。

不知何時，魚缸周邊擠滿了人。準確的說是人頭，只有人腦袋，沒有人身體。還有許許多多的人頭在蜂擁著從水族店外湧進來。

上百個人頭圍攏在魚缸前，嬉笑著，打鬧著，用陰森的目光一眨不眨的看著魚缸裡的夜諾和季筱彤。它們的表情扭曲，黑漆漆沒有眼白的眼神恐怖，看得人毛骨悚然。

「這些人頭怪，跑來幹嘛？」季筱彤本就警惕得很，渾身的寒意寸寸如針芒，脫體欲出。不過夜諾朝她擺擺手，示意她少安勿躁。

怪的是，人頭怪只是看著他倆，並沒有攻擊。而坐在收銀台後的老闆仍舊用帽子蓋著頭，絲毫沒有睡醒的跡象。

「它們在觀賞我們。」夜諾努努嘴：「怪物們在學習人類，就像我們有事沒事湊到魚缸前觀賞魚一般。」

季筱彤頭皮發麻，渾身不舒服。

一隻小人頭怪扭曲的小臉樂呵呵的，一口咬住右邊那隻人頭怪的舌頭，咬掉一小塊舌頭碎塊，吐進了魚缸中。

夜諾也樂了：「看，這傢伙多可愛。還餵我們。」

「你果然是怪人。」季筱彤腦袋上一片黑線飄過。特麼這是正常人能說出來的話嗎？被怪物當作觀賞魚餵食，餵的還是另一隻怪物的舌頭。怎麼想，覺得對方可愛的傢伙，才是真的有問題的吧。

「我們到底要等到什麼時候？」季筱彤在這詭異的情況下，實在憋不住。更何況，河城的許多狀況全都是針對她季家的。關係到家族，她如坐針氈，恨不得立刻衝出去，將背後的真相掀開。

但是她終究還是忍住了，因為夜諾要她等。

很神奇的是，她竟然真的從心底聽得進去這傢伙的話。夜諾看似弱小但卻絕對很神奇。之前在魚缸中的一幕幕，他精準無比的繞開陷阱，帶著她逃離黑水的記憶，讓季筱彤很清楚。

夜諾的話，最好還是要聽，否則吃虧的是自己。

「再等一下，這段時間，不要用你的能力。」夜諾說完這句話，就沉默了。他閉著眼睛，任由魚缸外的人頭怪觀賞。季筱彤緊握小拳頭，她用力憋著體內的寒氣能不外泄。

終於，夜諾像是等到了什麼，吩咐道：「向下游。」

季筱彤完全懵了，不悅的道：「夜諾先生，請你解釋清楚。你這樣沒頭沒尾的，我不明白。」

「你其實應該明白的，魚缸裡一共佈置了九九八十一道陷阱，每一個陷阱，都為你量身打造，完全針對你的性格、性情，甚至力量屬性。」夜諾道：「幕後黑手，真不是一般的瞭解你。」

季筱彤默然：「那你又知道我什麼性格。」

「我又不傻。你的性格一眼就看出來了。沒口沒心，雖然有點小聰明，但是過分相信和依賴自己的力量。所以容易做事不計後果，像個推土機一般遇到危險就橫衝直撞過去，不愛用腦子解決。」

女孩鬱悶，自己也有小自信，怎麼說在年輕的季家一輩中，她的智商也算是高的了，怎麼在夜諾口中，就變成小聰明。還有，他竟然還說自己魯莽。

「你如果不魯莽的話，遇到那些陷阱，沒有我帶你繞過去。你會怎麼做？」夜諾像是看穿了她的小心思。

季筱彤愣了愣：「當然把陷阱解決掉啊。」

「怎麼解決？」

「這些陷阱很簡單，用除穢力很容易解決。一個冰刺打過去，陷阱什麼的就沒了。」

夜諾拍拍額頭：「你這還不叫魯莽？八十一個陷阱環環相扣，如果你觸發了任何一個，不死也要受傷。」

「我不會受傷。」季筱彤揚了揚腦袋，很自信。

「那你自己去試試。」夜諾手一揚，百變軟泥飛出去，貼在不遠處一塊空無一物的水域中，之後他完全不憐香惜玉，一把將季筱彤往前推出去。

數分鐘後，灰頭土臉的季筱彤掙扎著從凌亂的水流中逃出來，瞪著夜諾，憤憤道：「你幹什麼！」

「你不是說不會受傷嗎，我就讓你感受一下。」夜諾挑了挑眉：「感覺怎麼樣？我切斷了陷阱的連鎖反應，只讓你經歷了五分之一的陷阱爆發。」

季筱彤心中一萬頭草泥馬奔跑過去，這傢伙，性格絕對有病。自己一個女生，嘴硬一下就不行了？詛咒他一輩子找不到女朋友，活該他單身。

「好了，玩笑開到這裡。時間不多了。」夜諾示意季筱彤跟他往下沉。

她無力吐槽了，自己這輩子情緒毫無波瀾，結果和這傢伙短短幾個小時的相處，數次被虐得要受內傷了。偏偏自己還沒辦法生他的氣。因為這傢伙的任何行為，似乎都有合理正當的理由。

兩人不斷下沉，高兩公尺的水族箱，在他們的快速移動中，兩人很快就沉入了底部。魚缸底下有假山和假草，充氧設備也在底部的沙堆中。夜諾左右四顧，彷彿在找什麼。

「你在找東西？」季筱彤問。

「嗯，找可以逃生的設備。」夜諾回答，從暗物博物館滿牆的書中，可以汲取到許多知識，類似將人類變為異種生物的暗物質怪物的能力，書中也稍微有過涉及。所以夜諾非常小心。因為能夠將他和強大的季筱彤變為魚，只證明一件事：那怪物要麼極為強大，比季筱彤更要強大得多。要麼就是有特殊能力。但是從火車上季筱彤和怪物的暗鬥中，怪物甚至吃了暗虧。也就意味著，怪物並不比季筱彤強。

這樣一來，事情就更麻煩了。

讓他們變為魚的能力，屬於怪物的特殊能力，是最為棘手的。特殊能力千奇百怪，而且解除能力的條件也不盡相同。但是夜諾通過推測蛛絲馬跡，找到了唯一的可能性。

同樣的事，作為除穢世家的季筱彤，當然也想到了：「夜諾先生。我們變為異種生物，應該是穢物的特殊能力。一般手段，很難解除。甚至解除的方法，很多時候也只有穢物自己知道。我太爺爺那一代就遇到了一個大穢物。它將太爺爺的手下全都變成蛤蟆，最後太爺爺打入穢物的老巢，用盡手段，才將穢物把人變回來的方法找出來。我們現在的情況，並不樂觀。」

夜諾哼了一聲：「那是因為你家太爺爺不夠聰明。」

季筱彤一陣頭痛，這傢伙迷之自信嚴重。她太爺爺在季家，在除穢師中到底有多高的地位，這句話要被季家人聽去，夜諾不被分屍才怪。

「怪物始終是怪物，它越瞭解一個人，越容易露出破綻。」夜諾見季筱彤不信，緩緩道：「例如這魚缸中的八十一道陷阱，就算齊爆也不能殺死你。這一點怪物自己也知道。可它為什麼還要費盡心思，把你引誘到周芸的房間，之後將你我勾入東籬大廈底樓這一家水族店，變成魚丟入魚缸中？」

季筱彤皺皺眉，心中頓時也疑點重重起來。

「因為兩個原因，條件和時間。」夜諾舉起手，比了個二：「一是怪物施展特殊能力的條件，二就是時間。」

「陷阱只是拖延時間的辦法，而怪物把你困在魚缸中，就是想滿足殺死你的條件。」

「沒人能殺死我。」季筱彤不認同。

這一點，夜諾不置可否。雖然季筱彤體內擁有滋生恐怖寒能的神秘物質，而且物質確實無堅不摧，會被動保護季筱彤。但是，並不是不能被取出來。夜諾既然能看得到，他猜測，當自己在暗物博物館的許可權足夠高的時候，一定能做得到。

但不可否認的一點，河城的怪物想要殺死季筱彤，確實難以做到。

還是說，它還有別的目的？

「不管它有什麼目的，總之，情況肯定對你不利。我們沒有必要硬要傻乎乎的滿足怪物的條件。」夜諾的任務完成時間，還剩下五天。

但河城的秘密，解開的不足百分之一，時間每一分每一秒都很寶貴。

「這個大魚缸有特殊的排水系統，會定時排水。我剛剛用流體動能公式，心算了魚缸內液體的密度，溫度，氧含量和水中富養度。結合種種因素，我破解了演算法，計算出了排水系統，會在一分鐘後開啟。到時候我們只要將排水系統口上的網戳破，就能順著水流逃出去。」

季筱彤皺皺眉：「夜諾先生，你不是說我們逃出去也只是兩條死魚嗎？」

「怪物的特殊能力，我判斷過。不可能是直接作用在我們身上，因為我太強大了，它變不了我。」夜諾淡淡道。

這句牛逼哄哄的話，讓三無女直拍額頭，完全不知道夜諾從哪裡來的自信。明明他體內除穢力極少，弱小得很，卻一副比自己強大很多的臭屁了不起模樣。

但夜諾沒有說謊。他體內雖然暗能量數量少，可是質上，比三無女的還要精純得多。舉個例子，如果季筱彤的能量有熱氣球那麼大，那麼他就是針尖。

充斥在魚缸上的穢氣，根本無法將自己異種化。唯一能夠解釋的便是，魚缸有問題。

「怪物將能力施展在魚缸上。魚缸裡的八十多個陷阱，沒有一個是阻止咱們從魚缸頂部衝出去的。甚至也沒有阻止咱們破壞魚缸。也就意味著，魚缸本體，就是詛咒的本體。通過打破魚缸以及從沒有蓋子的魚缸頂上跳躍出去，都會中了怪物的陷阱。更何況，說不定這正是怪物想要咱們幹的。也是觸發最終陷阱的條件之一。」

可憐自認為聰明的季筱彤，她感覺自己越聽夜諾的解釋，越懵。這傢伙的腦袋到底是用什麼做的，一瞬間竟然能思考那麼多。

「那為什麼排水孔是逃脫的唯一出口？」女孩問。

「因為排水口是流動的，而詛咒是固定的。」夜諾道。

季筱彤「啊」的一聲，頓然明白了：「不錯，穢氣施展之後，確實會黏附在固定物上起作用。流動性會讓穢氣失效。」

「不錯。」夜諾露出孺子可教的表揚表情，竟讓沒感情色彩的她有些小興奮。

「我們只要逃出排水口，就能變回人。時間不多了，走！」

季筱彤跟著夜諾到了一塊假山下，夜諾判斷這裡是最有可能隱藏排水口的位置。果不其然，在一小塊假山側面，找到了封閉的管道濾網口。

季筱彤體內寒能一動，濾網被凍結成冰，她一踩就碎成了渣。就在這時，排水口內部的閥門也因為設定的時間到了，瞬間打開。

季筱彤極為驚嘆，一切都在夜諾的計算當中，沒有絲毫差錯。一股水流激湧，裹挾著兩人朝魚缸外衝去。

只聽嘩啦啦幾聲響，不遠處的抽水管道結了厚厚一層冰霜。冰霜破裂後，兩個濕漉漉的人走了出來。正是穿著黑衣的季筱彤和穿著藍色外套的夜諾。

打濕的頭髮沾在季筱彤臉上，更顯得傾國傾城。她手一揚，旁邊的碩大魚缸，也開始凍結。

「我倒要看看，裡邊有什麼陷阱。」季筱彤的寒冷流瀉，不斷地在魚缸上增加力量。但是魚缸的玻璃閃爍過幾層火一般的橘色光焰，竟然將寒冷抵消了。

「怎麼可能。」季筱彤臉色大變：「這魚缸竟然是用那東西做的。」

夜諾瞅了魚缸幾眼，製作魚缸的玻璃中，貌似摻雜了某種暗物質。只是那種暗物質究竟是什麼，他並不清楚。不過季筱彤的表情非常難看，顯然那類暗物質，是她天生的剋星。

季筱彤沒有再繼續破壞魚缸，而是鄭重的走到夜諾跟前，朝他鞠了個躬：「夜諾先生，謝謝。」

「謝什麼。」夜諾擺擺手。

「如果不是你，雖然我不會有生命危險，可終究也逃不出魚缸。」季筱彤這人雖然沒啥表情、沉默寡言，甚至有些內心封閉，可她知好歹。

假如這次沒有和夜諾一起落入魚缸，她不知道得困在魚缸中多久。

「不用謝我，咱倆可是合作關係。」夜諾淡淡道：「記得對我的承諾就好。」說完他幾步走到水族店老闆的收銀台前，將一直都默不作聲，睡得很好的店老闆腦袋上的帽子拿下來。

「果然沒有腦袋，成了一具屍體。」夜諾看著沒有頭的店老闆，嘆了口氣。河城現在被殺掉，被穢氣汙染的人，至少也有幾百了。這個怪物，究竟想要幹啥？它大面積的殺戮，而且顯然還很瞭解除穢師的手段。可一個季筱彤就夠它吃一壺的了，如此張牙舞爪，猙獰盡露，不計後果，不隱藏自己。

早晚會被消滅掉。

不過從它佈置的陷阱看，這怪物也是有智慧的，不可能不知道這一點。那麼問題又來了，它的目的，到底是啥？

它殺的，選擇的人，真的是沒有緣由、隨機的嗎？

想到這兒，夜諾突然渾身一愣，彷彿想到了什麼，之後視線徹底落在這偌大的魚缸之上。

他仔細觀察了一會兒，之後掃視了店內的監控幾眼後，調取監控認真的選擇了幾個時間段觀看，接著又滑了一陣子手機。大約一個多小時後，才開口：「走，咱們去萬景大廈。」

「萬景大廈？」季筱彤一愣。

「要快，免得那隻大 Boss 跑了。我們從魚缸逃出來的事，它應該知道了，誰知道還會用什麼手段對付你。」夜諾拉著她往外衝，一邊走一邊說：「對了，你能聯繫上你的手下嗎，那個光頭老大？」

「我試試。」季筱彤打了個電話。剛接通，夜諾就將手機搶過去。

「聖女，您沒事？」電話那頭，光頭老大急切的問：「您突然失蹤，我們這邊都快要瘋了。」

「喂，是我。光頭老大。」夜諾開口。

「你特麼才是光頭啊，奶奶的。」光頭老大愣了愣：「特麼你是誰，聖女的手機怎麼在你手裡。哦，你是夜諾小兄弟？」

「廢話不多說，幫我去辦幾件事。」夜諾不由分說的將要辦的事情吩咐後，掐斷電話。

隨便在街上刷了一輛共用機車，載著季筱彤風馳電掣的朝東邊駛去。

路上，明明是白天，河城卻也變得蕭索無比。風吹下大量樹葉，被車輪一輾，隨風帶入天空，飄飄蕩蕩，更添了一絲淒厲。

關門的店鋪，緊鎖的房門。車劃過公路，可以看到偶然有幾家開門的店鋪，也沒什麼人閒逛。店鋪裡朝外的液晶電視上，正在播放新聞。新聞裡說河城陸續有人報案，大量市民神秘失蹤。請市民們防範可疑人員，盡量待在家中。

奶奶的，都死了那麼多人了，媒體這才開始播報。不知是小地方的媒體反應速度慢，還是老早之前，官方為免引起恐慌，封鎖了消息。

但現在死的人實在太多了，消息哪有不漏風的，已經封都封不住了。

整個河城都人心惶惶。

不過夜諾顧不上那麼多，身後季筱彤身體緊緊貼著自己，夜諾作為本世紀患病最嚴重的鋼鐵直男癌病患，倒是沒有什麼，滿腦子都在想河城的事情。

可季筱彤冰雪般的臉上，早已蒙上一層化不開的紅。

她這輩子第一次接觸到人，已經足夠開心了。沒想到能坐在別人的身後，還能抱著對方。在從前根本就是想都不敢想的事情。新奇感，滿足感充盈全身。這讓她不斷的朝夜諾靠近，再靠近，恨不得將整個人都陷進去。

這種和活生生的人直接接觸的體驗，她想牢牢的銘刻在心中，一輩子，兩輩子，永遠都不要忘記。

這感覺，真好！

時間無比的快，在女孩的感覺中，幾乎是一眨眼的工夫。萬景大廈，到了。

14 河城的怪物

萬錦大廈離東籬大廈並不遠，仍舊是個老社區，裡邊人員很混雜，但是在如今，卻冰冷陰森，社區中看不到任何人。

「沒有活人氣息。」季筱彤閉眼，又睜開。

就連必須二十四小時值班的社區保安亭，也空無一人。陰冷的風吹過來，吹得人感覺一陣陣的毛骨悚然。

「我們，要去哪兒？」女孩問。

「你們為什麼要去周芸那裡？」夜諾卻反問。

「因為周芸的母親是委託人。」季筱彤說。

夜諾撇撇嘴：「你去的時候不覺得奇怪嗎？我也當了二十年普通人了，當然，我也不算真正的普通人，畢竟普通人的智商可沒有我這麼高。但就算是我，也不知道你們這類除穢師的存在，我猜，除穢師在普通人中，不算是一種社會常識吧？周芸的母親，我在她家的時候瞥了一眼，就是個極為普通的家庭主婦，這樣的人怎麼會知道你們？怎麼去聯絡甚至委託你們？」夜諾問：「怎麼想，都像個陷阱啊。」

「我們除穢師的組織，有一套固定的溝通方法以及委託平台。只要上那個平台委託，核實確實是穢物作祟，就一定會派除穢師來解決。」季筱彤本不是話多的人，但是既然夜諾問了，她就認認真真的回答：「是不是陷阱，我沒有權利判斷。」

「無所謂了，這本就不關我啥事。你知不知道，周芸還有個表哥，叫做周董？」夜諾說。

季筱彤搖頭：「不清楚，我和周芸只接觸不久。大多數時候，她都在慘嚎和昏睡。」說著她語氣怪怪的問：「你是從隔壁衝進來的，又怎麼知道周芸有表哥的？」

「你們打小怪獸的時候，我無聊，一邊嗑零食，一邊翻了翻周芸的日記。」夜諾恬不知恥的嘿嘿笑著。

三無女瞪了他一眼，自己這個沒感情的人都知道，人家小女生的日記本不應該隨便亂翻。這人太厚臉皮了，不光翻了，還一臉看了部狗血八卦史的表情。

「周董和周芸的表兄妹關係，可不簡單啊。」夜諾道：「已經不止於狗血了，完全就是畸形。」

這些，周芸在日記本裡清清楚楚的記載下來。為免人看到，這個單純的小女生還特意買了個帶密碼鎖的鐵盒子來存放那本寫了很久很久的，厚厚的日記本。

但她哪想得到，自己自認為很有力的保密措施，被夜諾用一根鐵絲就搞定了。

周董和周芸之間，絕不是簡簡單單的表兄妹。他倆有著扭曲的畸形的，不為人所知，會被家人反對，不被社會容忍的戀情。

這段刻骨銘心的戀情，打從小時候，就開始凝固，延續了。

周董比周芸大了八歲，血親關係沒有超過三代。或許是因為基因的吸引，兩人在一個十二歲，一個二十歲時，迸發出了火花。至今，這段不被社會，甚至法律允許的戀情，已經延續了六年。

周董一直在等待著周芸成年，大學考到外地去的那一年。所以自認為懷才不遇的周董，才會窩在河城這個小城市，忍耐著千篇一律的日子。兩人為了戀情不被曝光，所以常常好幾個月才見一次面。

也不知道是什麼魔力，如此許多年，感情不但沒有生疏，反而發酵似的，越來越濃。終於，周芸在今年滿了十八歲，她準備報考離家遠到幾千公里以外的一所大學。學測後，成績足夠。想到再過幾個月，今後就終於可以名正言順的窩在一起了，他們欣喜不已。

周董甚至在幻想，這些年他存了點錢，到時候就辭掉工作，去周芸就讀的大學附近租一套小房子，每天一起過著沒羞沒臊的幸福生活。

可這一切，都在一個月前戛然而止。

周董突然打了個電話給周芸，說自己家的魚缸被熊孩子打破了，自己要重新買一個。第二天，又發了訊息來，說魚缸買到了。

之後接連好幾天，都沒有再聯繫過自己。

周芸有點著急，便抽了個下午，去周董的家裡找他。周董不在，周芸用鑰匙打開門，看著這個家亂七八糟的，外賣盒堆積在垃圾桶上，廚房裡擺滿了骯髒的餐具。

「一個大男生還不懂得自己照顧自己。果然男人都是大豬蹄子。」女孩皺皺眉頭，挽起袖子打掃起來。

等她把客廳的一大堆垃圾打包好，這才發現了一件很奇怪的事情。佔據了小客廳大部分位置的地方，擺放著一個一公尺多長的魚缸。按說魚缸並不算大，但詭異的是，不知為何有大量的垃圾把魚缸給掩蓋起來。

垃圾都被周芸裝好了，可魚缸內部，仍舊看不清。魚缸的玻璃表面，貼了大量的黑色膠帶。如同裹屍體般，將魚缸裹得密不透風。

「他在搞什麼啊？」周芸有些不解。

周董對魚缸，對養魚的熱愛，這六年來她清楚得很。買到一個好魚缸，前些日子他明明興奮得像個拿到壓歲錢的小孩子。可為什麼要將眼前的魚缸完全密封住，裡邊的魚，還能活嗎？

女孩咕噥著，好奇的找來一把美工刀，將黑色膠帶割開。剛割出一個口子，魚缸裡猛然噴出了一股陰冷的潮氣來。彷彿有什麼對著她，猛吹了一口氣。

周芸打了個冷顫，她感覺自己在割開魚缸封口的瞬間，貌似把什麼肉眼看不見的東西放了出來。

她渾身都在抖，屋子裡的溫度陡然降低，甚至在眨眼的工夫，牆壁上竟然結出了一層冰霜。

「這是怎麼回事？」女孩有心想要跑掉，但又擔心周董會不會出了什麼事。「電話，打電話。」周芸急急忙忙拿起電話，撥通。

一直沒有人接聽的周董的手機，在房間的某一處傳了出來。聲音朦朦朧朧，聽不真切，甚至不容易分辨究竟在哪個方位。

周芸左看看右看看，終於找到了手機鈴聲的來源。

赫然，是從魚缸裡竄出來的。

周芸後脊發涼，試探著喊道：「董哥，你在哪兒，你跑哪裡去了。不要嚇我啊！」

現代人的手機，相當於半條命。沒有手機出門啥事情都幹不了，既然手機在魚缸裡，那麼周董，應該不會出門太遠。女孩轉頭看看大門，頓時遲疑了。

剛剛打開防盜門的時候，門縫裡塞滿了各種小卡片。周董至少出門好幾天都沒回來。但是他手機又在家中，手機在家，人應該也在家。

可遍尋完這個不大的屋子，始終也沒有找到過周董的蹤跡。女孩唯一沒有找過的地方，只剩下……

周芸一陣毛骨悚然，她的視線，落在貼滿黑膠帶的魚缸上。

女孩控制住自己發抖的腿，以及想要退縮的心，最終對周董的擔心佔據了上風。她一步一步，慢慢的靠近魚缸。將頭探過去，從上方通過自己割開的缺口，朝魚缸裡看一眼。

只一眼，她就嚇得尖叫起來。

周董的手機，確實在裡邊。就連他的人，也都在裡邊。一百七十幾公分的周董，整個人都塞在一公尺多的魚缸中，肉體將魚缸塞得滿滿當當。魚缸裡還有水，水靜靜的掩著周董早已經扭曲的屍體。

周董的腦袋朝上，睜大著眼。周芸在看他的時候，周董也在用黑漆漆沒有眼白的雙眼瞅著她。

周芸嚇得連滾帶爬的坐在地上，好半天都沒力站起來。

魚缸中突然就開始冒水泡，水泡破裂聲中，竟然傳來了周董的聲音。

「小芸，小芸，不要害怕。我還沒有死。」周董的聲音模糊不清，彷彿嘴巴裡含著什麼。

周芸愣愣的，終於反應過來，喜道：「董哥，你真沒有死。」

「是的，是的，我不光沒有死，我還好得很。我終於找到了生存的意義，我也找到了和你永遠在一起的辦法。」周董咕嚕咕嚕的說著。

魚缸裡的水沸騰了似的，不斷的揚起水花。

「你過來，你過來一點，再接近我一些。」周董又道：「我們就快要永遠在一起了，我好高興，我好開心。」

周芸也是被感情沖昏了頭腦，一激動，就真的爬起來靠了過去：「董哥，你別動，塞在那麼小的魚缸中，一定很痛，我馬上叫救護車來。」

「不用，我不痛，一丁點都不痛。」周董模模糊糊的道。

周芸又靠到魚缸旁，朝裡邊望去，再次嚇得肝膽俱裂。特麼她看到了什麼，特麼她看到了什麼。

她看到一張女人的臉，只有臉，出現在周董的頭側。女人臉吐出長長的，蛞蝓般的舌頭，將舌頭刺入了周董的嘴中。難怪周董說話模模糊糊像是含了東西，原來他含著的是，那條恐怖的舌。

周芸噁心的險些吐出來。

「小芸，小芸。我好愛你，你也和我一起來吧。我們要永遠在一起。」周董吐出舌頭，扭曲的四肢抽搐了幾下後，以完全違反人體骨骼結構的動作，耷拉著頭，四肢扭動朝魚缸外爬。

他的腦袋幾乎要離開脖子，腹部朝上，四肢猶如節肢動物的外骨骼，不斷的朝周芸靠近。

周芸嚇得尖叫一聲，眼睛一翻，徹底嚇暈了過去。

「周芸嚇傻了，醒來的時候，是在周董的家門口。她迷迷糊糊的走回家，這女孩傻得以為自己是低血糖還是貧血暈倒了，甚至還認為自己做了一場噩夢。」夜諾慢吞吞的說：「這一切，都被她記進了日記本中。周芸遇到的事情很早，幾乎是一個月前。我有理由相信，周董家裡的那個魚缸，就是河城怪事的根源。魚缸裡有某種暗物質怪物，這怪物附身在周董身上，又藉由周芸，將恐怖的詛咒傳播出去。」

季筱彤聽完，沉默一下。

「如果是穢物作祟，這跟我有什麼關係。為什麼會針對我們季家？」她對這一點，仍舊很疑惑。

既然是穢物，怎麼會弄得到那個克制自己的東西。這怎麼想都覺得蹊蹺。

「資訊不足，我推理不出來。但這個問題也是最好解決的。到時候衝進周董的家，找到那隻怪物後，把它抓住拷問一番，不就清楚了。」夜諾撇撇嘴。

一臉冰冷，實則靈魂深處充滿暴力因子的季筱彤深以為然。

兩人腳步不停，很快，就到了周董家樓下。

「他家在十六樓。」夜諾帶著冰雪三無女進了電梯。整棟樓依然安靜，季筱彤開天光後，也沒有看到穢氣。彷彿一切都潛伏起來，巨大的陰影，正在將他們吞噬。

隨著電梯「叮」的一聲響，電梯門敞開，露出老舊的電梯間。整個電梯間牆壁上都印滿血手印，拖曳的血跡，一直延伸到1606號門前。

而那扇斑駁的防盜門，在他們靠近的一瞬間，竟然發出咯吱一聲響，開了。房間裡黑漆漆一片，根本看不清內部有啥。

「有意思。」夜諾笑道。

季筱彤很謹慎，既然明白有針對她季家的陰謀，於是格外小心。她從身上掏出了大量的除穢符，貼在牆上門上地上。

除穢符表面白光一閃，就隱匿在空氣裡。

夜諾膽子大，大咧咧的一腳邁入防盜門。伸手在開關上按按，燈沒亮。

「光。」季筱彤扔出一張除穢符，符咒浮在空中，猛然爆發出刺眼的光線，持久的照亮四周。

周董的屋子有一股怪異的味道，氣味很重，聞不出來是什麼。客廳髒兮兮的，周芸日記中提及的那一口大魚缸，赫然擺放在顯眼的位置。

魚缸上卻沒有貼黑膠帶，缸內水清玻璃潔淨，假山和水草在充氧設備的激流中，不斷的搖曳。

一群群紅色的米奇魚，以及藍色的日光燈魚愜意的游過，顯得格外別致。

但是不同於周芸的日記。一百七十幾公分高的周董，並沒有塞在這魚缸中，更沒有看到魚缸裡有啥女性的人頭。

季筱彤抽動小巧的鼻子，在空氣裡聞聞：「沒穢氣。」

「不是沒暗物質的味道，是因為你的鼻子產生了嗅覺疲勞。」夜諾搖頭。

女孩疑惑道：「什麼意思？」

「在一個地方待久了，就算是有毒氣體，你的大腦也會自動排除氣體的刺鼻氣味，將它納入環境味道中忽略掉。這也是許多人在持續的瓦斯洩漏後為什麼遲鈍的沒有逃走，直到中毒死亡的原因。」夜諾撇撇嘴：「整個河城的暗物質味道太濃了，而且這裡，更是濃得要命。可是，我們的身體，已經適應了。」

季筱彤一陣毛骨悚然，渾身冰冷的氣息猛漲，她明白夜諾的意思，意識到一件事，周董的屋子，已經不是簡簡單單的房子了。

女孩迅速朝大門衝去，可敞開的大門猶如被封印了，一層怪異的能量，將季筱彤擋在門內。她身上的寒意捲席成一條長長的冰雪之手，巨大的冰手拍打在門上，封印之力紋絲不動。

「我們，被關起來了。」女孩皺皺眉。

夜諾走到窗戶前，拍拍窗子，窗子上這一層薄薄的玻璃，無法破壞，無堅不摧。

「不錯，我們確實被關起來了。」他倒是不急，慢吞吞的將周董的屋子亂翻了一圈後，在沙發上坐下來。

還順手拍拍身旁的位置，示意季筱彤挨著他休息。

「你不急？」季筱彤瞪了他一眼，但仍舊還是靠著他正襟危坐。

「為什麼我要急，等一下，急的人就不是我了。」夜諾淡淡道：「還記得我在來的時候，吩咐你的手下替我做幾件事嗎？」

季筱彤偏頭想了想，夜諾的吩咐，她記得，都是些細碎的雜事，沒頭沒尾，而且沒有難度。例如在南門的某個地方，敲掉一面牆啊，又例如把暈倒的周芸，關進西邊的某間屋子裡。

這跟現在的糟糕現狀，特麼有什麼亂七八糟的關聯？

還沒等女孩想明白，突然就感到一股龐大的穢氣從西邊天際瘋狂的瀰漫過來。一眨眼的工夫，就衝進了周董的屋子。

季筱彤霍然而立，擋在夜諾跟前。

那股穢氣，分明是衝著夜諾來的。

可怕的穢氣遮天蓋地，彷彿一把剔骨的刀，帶著歇斯底里的刺耳尖叫：「混帳，你究竟做了什麼。你把我怎麼樣了！把我的身體還給我！」

夜諾躲在季筱彤身後，笑嘻嘻的探出腦袋：「就不還，怎麼著。打我啊！」

那不男不女的聲音，受了刺激，更瘋狂了，裹挾著那陰森穢氣，朝夜諾刺去。

「休想。」季筱彤冷哼一聲，手一揚，穢氣被打到了一旁。

房間裡，那團烏黑的穢氣在地上蠕動，轉眼就消失了。

「這裡！」三無女輕輕朝左一飄，右手揚起，一塊冰雪盾牌瞬間形成。又一次將攻擊過來的穢氣擋住。

「壓。」之後冰雪氣息從身體裡噴湧而出，季筱彤的除穢力彷彿泰山壓頂，向那團漆黑壓去。

暗物質怪物沒來得及掙扎，就被這冰雪之力封凍。

「咦。」女孩有點懵，太怪了，這怪物怎麼不反抗？

「不好！」她從心底，冒起了一股冰冷的寒意：「又是陷阱。」

說時遲那時快，一股邪惡的氣息從下至上沖刷而來，瞬間席捲了一切。周圍的環境以驚人的速度改變，牆壁崩塌，傢俱從屋子裡漂浮起來。沒幾秒，整棟高樓都變成一座魚缸。

一座高達幾十公尺，寬達二十公尺，猙獰可怕，充滿穢氣的大魚缸。

黑色的水流淌在魚缸中，透過魚缸壁，能看到外界的植物、外界的陽光、外界的一切。但是偏偏，外界失去了生機。

季筱彤感覺到水中有著能夠威脅到她的東西。

「糟糕，水中摻雜了火源顆粒。」她渾身一抖，在水中泡著，非常難受。她體內的天生寒冷，會被世上含量極稀少的一種，稱為「火源」的暗物質排斥，雖然殺不死她，但是噁心噁心她，讓她戰鬥力大減，還是做得到的。

可火源這種物質，太難找到了，這怪物到底是從哪裡弄來的？

「難受吧。嘻嘻嘻，你今天就要死在這兒了。」那淒厲的笑聲響徹魚缸。

季筱彤鼓脹起渾身冰能，可是冰能一透體而出，就被液體中一股火焰般的力量打散。魚缸裡大量游來變異的，比人還大的觀賞魚。本沒有牙齒的米奇魚和日光燈魚身體外長出鎧甲，嘴裡長出螯牙，恐怖至極。

密密麻麻的魚游過來，想要將夜諾和季筱彤撕成碎片，偏偏季筱彤的力量被火源克制，無法抵禦。

女孩臉色冷然，一襲黑衣包裹的身體，仍舊擋在夜諾跟前。哪怕現在的她暫時手無縛雞之力，她也本能的想要保護夜諾。

夜諾見季筱彤臉色慘白，迅速伸手，一把握住了她的手。也不知是不是錯覺，季筱彤被握住小手的一瞬間，頓時感覺好受了許多，就連被壓抑的難受，也消失得無影無蹤。

她很是莫名其妙，甚至在小腦袋瓜裡胡思亂想，被人抓抓手就不怕火源的克制了，難不成，這就是家族裡那些小年輕、小屁孩們經常掛在嘴邊的，愛情的力量？

奶奶的，可這真不是愛情的力量。

至少現在不是。

夜諾抓著三無女的手，將她身體裡躁動的寒能吸入後，命令它們安靜下來，再傳回女孩體內。

這困擾了季家千百年的殘忍神賜，在夜諾面前彷彿小兒科。說起來神奇，但其實也沒什麼，因為夜諾發現，只要直接肢體接觸後，以他現在的博物館許可權，稍微控制季筱彤身體中的神秘物質，實在太簡單。

畢竟那神秘物質，冥冥中和暗物博物館相連著。作為暗物博物館的當代主人，他有權利驅使它。

「滾開！」好受了許多的季筱彤能量回歸，手一抬，寒冷襲去，一瞬間，所有的魚都被凍成了冰渣。

「怎麼可能，明明那個人說，你懼怕這種紅色物質，為什麼你不怕，為什麼你不怕！」暗物質怪物刺耳的尖叫著：「不管你怕不怕，你都要死在這裡！」

怪物冷哼一聲。

魚缸裡隨即暗流湧動，致命的危險氣息，一波高過一波。顯然隱藏著的暗物質怪物千方百計將兩人引過來，就是為了徹底消滅他倆。準確的說，消滅A級除穢師季筱彤。

在季筱彤的威脅前，看起來弱小，實際上也確實很弱小的夜諾，渺小得彷彿隨手一捏就死的螞蟻，完全沒被它看在眼裡。

卻不知，夜諾，才是真真正正掌控全域的男人。

「死死死，看不起我的人，嘲笑我的人，都給我去死。」魚缸中凝結成實體的黑色在液體裡沉浮，猛然間朝季筱彤襲去。

季筱彤瀑布長髮在水中微微一揚，寒冷泄出，鋪天蓋地，宛如無數張冰雪巨手將那黑液驅散。

「你們逃不掉！」暗物質怪物又是一聲淒厲的叫。

只聽到撲通撲通的落水聲，河城中所有的人頭怪都匯集起來，密密麻麻的湧到萬景大廈。不斷的跳入大魚缸裡。

這些個別只有狗級穢物的怪物，來得再多季筱彤也怡然不懼。纖細的五指一抓，大量的人頭怪都被冰封在晶瑩的冰體中，隨著破裂聲傳出，許許多多的怪物都被零下六十多度的低溫脆化，變成冰晶殘渣。

可，無數的人頭怪，仍舊在前仆後繼。而更可怕的是，河城怪事的幕後怪物，仍舊躲在一旁，它想要靠人頭怪大量消耗季筱彤的除穢力，在她最脆弱的時候，致命一擊。

季筱彤的力量雖然暫時能用，但實際上仍舊被水中的火源壓制。她一人足足扛了三個小時，無論來多少人頭怪，她都擋在夜諾跟前，將所有人頭怪宰了。

來一隻殺一隻，來兩隻殺一雙。

殺，殺殺殺。

不知道殺了多少，但人頭怪依舊無窮無盡。那不男不女的暗物質怪物不時在魚缸中諷刺著季筱彤，窺視著她露出最脆弱的那一刻。

終於，季筱彤堅持不住了，腳一軟，險些跪下。她臉色慘白，仍舊堅強的咬緊牙關，絲毫沒有露出懼色。

哪怕是死，她也絕不退後一步。

面對如此強悍的季筱彤，暗物質怪物也堅持不住了。它感染的人頭怪被季筱彤殺了個七七八八，沒剩多少。感受到三無女被壓制，被削弱的差不多後，它猛地帶著驚天的怨氣，朝季筱彤襲去。

三無女雙手一合，形成了一道冰雪盾牌。

盾牌被漆黑的穢氣擊中，季筱彤油盡燈枯下，竟然退後了好幾步。站穩後，猛地噴出一口殷紅的血，將周圍的透明液體暈紅。

有生以來，季筱彤第一次受傷。也是第一次，陷入如此狼狽的危機。

「嘻嘻嘻，你果然撐不住了。」暗物質怪物大喜。

季筱彤面無表情，只是冷冷的看著那一團近在咫尺的，隱藏在瀰漫的黑色中的怪物。

「交給我吧。」一直都沒有存在感的夜諾，從季筱彤纖細的肩膀後探出頭來，笑嘻嘻的對怪物說：「哥們，我給你一個選擇，怎麼樣？」

這怪物只殘留著不多的記憶，但這聲「哥們」，仍舊讓它勃然大怒：「誰是哥們，你全家才是哥們。你給我選擇，我掐死你就像掐死螞蟻，你竟然說要給我一個選擇？」

它又怒又笑。

「不錯，你把你藏起來的，給予你力量的那東西交出來。」夜諾客客氣氣的說：「我就給你一個痛快，讓你死得不那麼痛苦。」

「就憑你？」暗物質怪物淒厲的笑著，整團漆黑的煙氣都笑得在抖。抖著抖著，它就恐懼起來，恐懼得渾身發顫，刺耳的尖叫著：「怎，怎麼可能！」它渾身的煙氣在剝落，彷彿憑空受到了極大的傷害：「你做了什麼？你到底做了什麼？你把我的身體怎麼樣了？」

「沒怎麼樣，只是把你的身體挖出來，塗了點黑狗血，撒了些鐵鏽屑，以及朝裡邊灌了幾十種強腐蝕性的液體罷了。真的，完全沒什麼。」夜諾淡淡道。

「死，我要你死！」怪物明白自己大勢已去，運起所有的穢氣，鋪天蓋地的朝夜諾裹挾而來。它就算是要死，也要將這個可恨的傢伙殺掉。

驚人的穢氣根本就不是夜諾能夠抵擋的。甚至油燈將盡的季筱彤，也難以擋住。三無女一把將夜諾拖到了自己身後，板著臉，想要保護夜諾。她到現在也沒有明白，只是認識了這個討厭的傢伙兩天而已，怎麼他的命在心裡卻比自己更加的重要。

難道，一輩子都沒有情感的自己真的愛上他？

想不明白，季筱彤沒有再想下去。她朝後看了夜諾一眼，想要將他的模樣深深的刻在腦海中。

夜諾卻敲敲她的頭：「瞅啥瞅，快祈禱。啥威力大的功法，就祈禱啥。」

鋼鐵直男不懂風情是基本功，詛咒這傢伙一輩子找不到女朋友。季筱彤就算是沒有太多情緒，也不礙著她對著夜諾翻白眼。

這傢伙竟然讓自己祈禱。需要向神明祈禱的除穢術，都是高級法術。可是神，已經上百年沒有回應過祈禱了。這些除穢術的威力，自然小了許多。

想到這，季筱彤突然心臟怦怦直跳。她想到了某種可能，也許這個討人厭的傢伙，和傳說中的神有某種聯繫。不然，為什麼只有他能接觸自己。不然為什麼有他在自己身旁，自己就會那麼奇怪。

這弱小的男人，恐怕一丁點都不簡單。

於是季筱彤真的祈禱起來。

「茫茫酆都城，重重金剛山。靈寶無量光，東照冰池水。九幽諸魂罪，身隨香雲帆。定慧青蓮花，上神現靈光。請上神賜予我力，破除這萬千虛妄。」

「極破地獄咒！」季筱彤誘人的櫻桃小口，一個字一個字，祈禱的聲音字字戳破這彌天的黑氣。

同樣的祈禱聲，也闖入了夜諾的腦海。

夜諾淡淡一笑，默然回應：「吾收到了你的祈禱，賜予你除邪之力。」

他的許可權點數，再一次狂降。

無聲之音擲地有聲，彷彿蒼天迴響，回到了季筱彤的神識。季筱彤駭然，神竟然又回應自己了。

神，回應了！

極破地獄咒閃現刺眼的極強白光，刺破虛妄，瞬間將幾十公尺高的魚魟擊破。

「怎，怎麼可能！」法術威力不止，將嚇得心驚膽戰，拔腿就逃的暗物質怪物如同氣球般刺破，支離破碎，再也找不到蹤跡。

甚至那白光，籠罩在河城上空，久久不散。

河城的詭異事件，就此落幕。

——尾聲——

「東西我拿走了。」河城的高鐵站裡，夜諾抓著一只青銅盒子。這個盒子大約普通人腦袋大小，裡邊，剛好能裝得下一顆人頭。

一看到這個東西，夜諾就知道自己的任務物品到手了。

冰雪般的季筱彤站在他身旁，她的任務同樣也結束了，換了一身白裙，彷彿雪蓮花開，煞是漂亮。

光頭老大是看著季筱彤長大的，現在驚訝的張大嘴巴。這丫頭片子啥時候對衣服打扮執著過，可今天一大早起床，竟然扯著自己破天荒的去找了一家服裝店，皺著眉頭，嘴裡不時的咕噥著什麼。

光頭老大沒怎麼聽清楚，只聽到聖女小聲嘀咕，根據啥概率，根據那個誰眼睛在誰誰誰的身上停留最久判斷，那個誰應該喜歡白色。

於是聖女買了一件白裙，不過她的付出顯然沒有取得應有的回報。夜諾只是瞥了她一眼後，啥話也沒說，就自顧自的把視線落在青銅盒子上。

盒子，是從河城郊區的一處水潭中找到的。就是水潭邊上，光頭老大根據夜諾的吩咐，挖出了一具無頭女屍。

見聖女有些小失望，光頭老大誰都沒敢得罪。因為他一個都得罪不起。聖女顯然是少女心悸動，對人家夜諾小兄弟有了點感覺。只不過這段感情，註定沒有結果。

更何況，夜諾也不簡單。昨天那籠罩河城的巨大能量爆發，雖然看上去是神術中的極破地獄咒，但是陣仗太大，威力太強，完全超出了光頭老大的常識，也超出了聖女的能力。

之後聖女只是淡淡說，她之所以能夠順利施展成功，或許也是因為夜諾的原因。光是這一點，就讓光頭老大顫悚不已。

夜諾，看起來弱小，但絕對不簡單。惹不起，惹不起。

這兩個人的事情，還是留給他們自己解決吧。

他當啥都沒看到。

嘆了口氣，光頭老大乾咳一聲說：「夜諾小兄弟，昨天下午你讓我們挖出來的那具女屍，就是隱藏在河城的怪物本體吧？」

「不錯。」夜諾點點頭。

光頭老大驚奇道：「你是怎麼知道她具體埋葬地點的？而且，你怎麼知道就是她？」

夜諾撇撇嘴：「怪物將力量籠罩在河城，藉著周芸和周董的孽戀，大肆的傳染詛咒。可為什麼它不選別人，選了周董？一開始我以為是無差別的。但最終，我卻找到了聯繫。詛咒的對象，並不都是乾淨的。雖然他們有老人，有小孩，甚至還有上班族以及普通學生，可對於那個怪物而言，他們都是罪不可赦的人，他們都該死。」

光頭老大撓撓頭，他感到了智商被打擊，腦袋不夠用：「我到現在還是沒明白，那些被詛咒的死者，相互間的聯繫，究竟在什麼地方。」

夜諾掏出手機，翻出了一個半月前的一則《河城日報》，其中有一條花邊新聞：「聯繫，就在這裡。」

光頭老大湊過臉瞅了瞅，只見新聞裡簡短的寫著：前日一女子凌晨回家時，在社區花園附近，被一男子捂住嘴拖入了地下車庫，女子慘遭性侵，據悉該名嫌犯仍舊在逃。

光頭老大倒吸一口氣，明白了什麼：「夜諾兄弟，這被性侵的女子，便是那河城的穢物？」

「不錯，我這幾天調查了一番。這個女孩叫劉凡雁，今年剛剛滿二十二歲。被性侵後，案件一直沒有破，嫌疑人仍舊逍遙法外。她受到了侮辱後變得懼怕一切，甚至不敢出門。可劉凡雁不知道，還有更可怕的事情等著自己。」夜諾有點唏噓：「這則新聞之後，她遭受了嚴重的網路暴力。」

他一邊說，一邊在新聞下，滑了滑新聞的評論，全都是不堪入目的謾罵，指責，以及強盜邏輯。沒有人去責罵施暴者，反而一股腦的罵她不檢點。由於她是在大晚上跟著朋友去酒吧玩到十二點後才回家，於是，便有鍵盤俠罵她，好女孩絕對不可能去酒吧，更不可能十二點後才回家。也有大嬸罵她，被毀了清白，還不如乾脆去死算了，如果是她女兒這樣，她寧願把女兒掐死。

更有讀書的小孩咒罵她快點自我了斷得了，免得汙染環境。

最可怕的是，不知道誰曝光了她的姓名，聯絡電話，她在家裡用被子捂住腦袋，關緊門窗，卻關不掉不斷彈出的即時訊息。

有大量齷齪的男人給她發信息，說她總之都被玷汙了，已經很骯髒，還不如便宜大家，和他們約炮。

每個人都在人前善良，但拿起手機的一瞬間，就脫下面具化身為了惡魔。

他人即地獄。

他人即地獄。

沒有人是乾淨的，沒有一個人是乾淨的……

「你們要我死是吧，好，我死給你們看。就算我死了，我也要詛咒你們，我要讓你們身首分離。看著自己腐爛的骯髒模樣。」

劉凡雁終於承受不住網路暴力，在社交網路上留下這一句充滿戾氣的話後，去了河城一處偏僻的水潭邊，準備跳水自盡。

「可不知為何，劉凡雁竟然發現那個水潭有古怪，也許是和她怨恨的心交相呼應，她在水潭底端，找到了這個青銅盒子。」夜諾拍拍自己懷裡的盒子，嘆了口氣：「盒子不知道怎麼和她心靈感應的，總之，劉凡雁想辦法將自己的頭塞入盒子中，最終變成充滿驚天戾氣的暗物質怪物。我就是通過她最後發的微博定位，算出她最終的死亡地點的。」

夜諾在暗物博物館看了上千本關於暗物質怪物的書，還是有點用處。他深知以怨氣轉化為怪物的人類，屍體仍舊會和怪物有聯繫。黑狗血和鐵鏽屑，能直接作用在屍體上，毀滅它們的戾怨之氣，甚至殺死它們，所以，人化為的暗物質怪物，會拚盡全力隱藏起自己的屍身。

「至於那些河城死掉的人。你們自己看看。」夜諾在手機上一滑，河城官方已經公布死者名單。這些人都有同樣的死因，被割掉腦袋，至今沒有找到。

「這些死者，每一個都在那篇新聞下邊，詛咒劉凡雁，責罵劉凡雁，侮辱劉凡雁的人。甚至有些人沒發言，只是為別人惡毒的言論點讚，或為這篇新聞點讚。這些人全都沒有逃過一劫，全死了。至於劉凡雁的腦袋為什麼會跑到魚缸裡，以魚缸的形式存在。這一點，還不清楚。而魚缸跑到周董手中，也應該有原因。」夜諾頓了頓，一字一字的說：「我在懷疑，周董是不是那個加害劉凡雁的疑凶，所以魚缸才找上他，最終將他整個家族的人全部害死。周家，應該是最早感染詛咒的那一批人。」

就此，謎底基本上解開七七八八。季筱彤一行人沉默片刻，紛紛感慨不語。

百果必有因，每一個死者，乍看之下都是無辜的。但是真的探究起了原因後，才發現，他們真的是清白的嗎？

或許許多人至今都沒想通，自己不過是隨手在一篇新聞上點讚罷了，為什麼就被詛咒了，就這麼，慘死當場！

人生，沒有如果。更無法後悔。

「最後一個問題。」光頭老大還是有些不解的地方：「你推測的都合情理，可這個劉凡雁，是從哪裡得到火源的？她生前只不過是一個普通的女生罷了，就算變成怪物，也不可能知道除穢師的存在，可是她一開始就殺死了大量趕赴河城的除穢師不說，還一直在針對我們季家……」

「這個問題，只有你們自己去尋找答案了。畢竟幾天前，我也同樣不知道除穢師這種職業到底是怎樣的。就算是如今，也有點懵。」夜諾撇撇嘴：「而且就算問你們，你們也不告訴我太多資訊。」

光頭老大尷尬的笑道：「畢竟，你不是除穢師啊。咱們行業有行業的規矩，要不，你也去考個除穢師資格證試試？以你的能力，考試就跟玩似的。」

「有空我就去試試。」夜諾轉身，向後揮揮手：「走了。」

說著就朝高鐵敞開的門走去。

季筱彤的臉上，有些依依不捨：「那個……」

「嗯？」夜諾疑惑的回頭。

「那個，你的，電話號碼。」女孩臉上暈開一絲紅。她說這句話的時候，彷彿用盡全身的力氣。

鐵軌旁的梧桐，被風一吹，紛紛揚揚，落在兩人所在的天空，猶如下了一場黃色的雨。

夜諾笑笑，探出手，輕輕將女孩腦袋上的落葉拂下來，揉亂髮絲。女孩呆呆的，靜靜的任由他摸自己的小腦瓜。

一旁的光頭老大等人，驚訝的險些掉下巴。

自己看到了啥，自己特麼到底看到了啥，這個世界是瘋了嗎？

夜諾小老弟，竟然又觸摸到了聖女，她本人還被摸得樂滋滋的，毫不反抗。

但這不是重點，重點是，摸了聖女的夜諾，居然又一次屁事都沒有，仍舊笑嘻嘻的。

光頭老大感到腦子裡發出一聲脆響，那是自己的世界觀崩塌的聲音。

一行人懵逼的看著夜諾走入高鐵，消失在門後，轉眼不見。

他們石化了很久很久。

季筱彤絲毫沒有移動過，直到夜諾消失，直到載著夜諾的鋼鐵巨獸呼嘯著，以每小時三百公里的時速離去。

她很想要追上去，但是她忍住了，因為她還有更重要的事情要做。

季筱彤就這樣一直站了不知多久，才幽幽的嘆口氣。高鐵，彷彿就連她的心，也帶走了。

「老周。」季筱彤收回視線，語氣冰冷，完全不復剛剛的失魂落魄。現在的她，又變回了冰雪女王。

「是。」光頭老大回過神，連忙回應。

「回季家。」季筱彤冷哼：「無論這件事是誰在搞鬼，我都會查清楚。」

河城事件，季家的損失不算小，裡邊絕對有陰謀。只是陰謀的背後，到底隱藏著什麼，誰也不知道。

不知為何，季筱彤心裡隱隱有種不好的預感。

河城，只是一個開端而已。水下的暗流已經攪動，更大的危機，恐怕正在降臨世界，逐漸開始不太平了。

季筱彤一行在河城善後完，緊隨著，也離開這個小城市。

就在他們離開不久後，沒人知道的是，一個穿著黑衣，將自己全身都隱藏著的人站在當初劉凡雁自殺的小潭邊，默默看著河城的天空。

今天的天空蔚藍一片，晴空萬里，煞是好看。可是黑衣人卻並不開心。普通人看不到，但是他卻能看到，天空中那仍舊還沒有消散殆盡的能量。

那可怕的能量，讓人心悸。

「明明只是普通的極破地獄咒而已，為何那個季筱彤施展出來，如此的可怖？太反常了，她並沒有那麼強大。」黑衣人發出不男不女的聲音：「還有那個跟她在一起的男娃子，明明很弱小，像個普通人，卻顯得極為神秘！有意思，太有意思了。」

可惜劉凡雁生前是個弱小的廢物，變成穢物，仍舊是個廢物。可惜了那個寶物和我蒐集了數百年的火源。」黑衣人想了想，喃喃道：「齊。」

「在。」突的，又一個人出現，跪在黑衣人跟前。

「你去試探那個叫夜諾的小朋友，如果他真沒什麼，就殺掉。」黑衣人冷笑一聲：「壞了我好事，想要全身而退，世間哪有那麼便宜的道理。」

叫做「齊」的人點頭後，又猛地消失不見。

眨眼間，黑衣人也不見了。水潭，又恢復往常的平靜。

當晚，夜諾哼著歌，開開心心的回到了暗物博物館。他手裡抱著青銅盒子，站在一樓的第二扇門前。

門，將青銅盒子吞噬後，猛地抖了幾下，之後便敞開。

第二扇門內空空蕩蕩，漆黑一片，看不清內部到底有什麼。夜諾也沒在意，邁著輕快的步伐，走了進去。

渾然不知，針對他的危機，已然降臨。

——本集終——

夜不語作品 36

怪奇博物館 102：人頭魚缸

國家圖書館出版品預行編目資料

怪奇博物館 102：人頭魚缸 ／ 夜不語 著.
— 初版. — 臺北市：春天出版國際， 2020.07
面；　公分. —（夜不語作品；36）
ISBN 978-957-741-291-1（平裝）
857.7　　109010568

ISBN 978-957-741-291-1
Printed in Taiwan

作者	夜不語
總編輯	莊宜勳
主編	鍾靈
責任編輯	蘇星璇

出版者	春天出版國際文化有限公司
地址	台北市忠孝東路四段303號4樓之1
電話	02-7733-4070
傳真	02-7733-4069
E-mail	story@bookspring.com.tw
網址	http://www.bookspring.com.tw
部落格	http://blog.pixnet.net/bookspring
郵政帳號	19705538
戶名	春天出版國際文化有限公司
法律顧問	蕭顯忠律師事務所
出版日期	二〇二〇年七月初版
定價	250元

總經銷	楨德圖書事業有限公司
地址	新北市新店區中興路二段196號8樓
電話	02-8919-3186
傳真	02-8914-5524

怪奇
博物館

The Strange Museum

怪奇
博物館

The Strange Museum